RANDALL JARRELL
失落的世界

〔美〕兰德尔·贾雷尔 著

连晗生 译

人民文学出版社

图书在版编目（CIP）数据

失落的世界 / (美) 兰德尔·贾雷尔著; 连晗生译.
— 北京: 人民文学出版社, 2023 (2025.1 重印)
(巴别塔诗典)
ISBN 978-7-02-018220-6

Ⅰ.①失… Ⅱ.①兰…②连… Ⅲ.①诗集-美国-现代 Ⅳ.①I712.25

中国国家版本馆 CIP 数据核字 (2023) 第 174571 号

责任编辑　卜艳冰　何炜宏
装帧设计　李苗苗

出版发行　人民文学出版社
社　　址　北京市朝内大街 166 号
邮政编码　100705

印　　制　凸版艺彩（东莞）印刷有限公司
经　　销　全国新华书店等

字　　数　100 千字
开　　本　889 毫米 × 1194 毫米　1/32
印　　张　13.75
插　　页　5
版　　次　2023 年 11 月北京第 1 版
印　　次　2025 年 1 月第 2 次印刷
书　　号　978-7-02-018220-6
定　　价　108.00 元

如有印装质量问题，请与本社图书销售中心调换。电话：01065233595

目录

重新成为一个孩子（译序） _1

选自《华盛顿动物园的女人》(1960)
华盛顿动物园的女人 _3

灰姑娘 _5

彩虹的尽头 _8

在那些日子 _27

小学场景 _29

窗　户 _31

变　老 _34

涅斯托尔·格利 _36

詹姆斯敦 _41

孤独的男人 _45

一个幽灵，一个真正的幽灵 _47

陨　石 _49

查尔斯·道奇森之歌 _50

经由弗洛伊德的德语 _52

女孩梦见她是吉赛尔 _59

斯芬克斯给俄狄浦斯的谜　_61

哲罗姆　_63

多纳泰罗的青铜大卫像　_66

选自《失落的世界》(1965)

第二天　_73

仿声鸟　_77

在蒙特西托　_79

失落的世界　_81

  1. 孩子们的武器

  2. 狮子陪伴的晚上

  3. 日落大道外的街道

在美术馆　_99

井　水　_102

失去的孩子　_103

三张钞票　_108

希　望　_110

夜　鸟　_124

蝙蝠们　_125

那个与众不同的人　_127

黑森林中狩猎　_133

林中房子 _137

女　人 _140

洗　涤 _151

老大师，新大师 _153

田野和森林 _157

想起失落的世界 _161

新　诗

捡　拾 _169

跟大爸爸说再见 _171

奥格斯堡崇拜 _173

猫头鹰的睡前故事 _176

一个男人在街上遇见一个女人 _181

自动钢琴 _187

选自《给一个陌生人的血》(1942)

在铁路站台 _193

1938年：维也纳树林的故事 _195

一首小诗 _197

"肥胖，衰老，那孩子紧贴她的手" _200

献给西班牙被杀者的诗 _203

冰　山　_204

"因为我，因为你"　_207

1789—1939　_209

道路和人民　_211

难　民　_213

"被吊死的人在绞架上"　_215

"牛在裸露的田野徘徊"　_216

"当你和我是所有"　_218

机器人　_222

"在绚丽的首都们上空"　_224

基里洛夫在摩天大楼　_225

"天空之上，那颗星等待着"　_227

冬天的故事　_229

杰　克　_234

美学理论：艺术作为表达　_236

假人们　_239

论人类意志　_240

城市旁观者　_242

对一些联邦士兵的描述　_244

智慧的脑袋　_247

1938年：春舞　_250

恐　惧　_251

机关枪　_253

选自《小朋友，小朋友》(1945)

醒着的梦　_257

母亲，孩子说　_259

学员们　_261

艰难的解决　_262

士兵在大学树木下走着　_266

士　兵　_268

从军用列车所见的一个军官战俘集中营　_270

选自《损失》(1948)

营地里有一个人活着　_275

俄瑞斯忒斯在陶里斯　_277

选自"未收集的诗"(1934—1965)

"哦，疲乏的水手们，在此遮荫，饱食"　_297

"在水面之上，在他们的劳苦中"　_299

芝　诺　_301

"而她是否居于天真和欢乐之中"　_305

印度人 _308

旧　诗 _309

灵魂与肉体的对话 _311

1938年11月 _313

乡村是 _315

一本教科书的时间和自在之物 _319

十一月的鬼魂们 _321

实验室 _323

诙谐曲 _325

墨西哥一个印第安市场 _327

磨坊主 _328

死　者 _329

一个鬼故事 _332

教堂塔钟 _334

公主在林中醒来 _337

全或无 _339

塔 _341

被抛弃的女孩 _344

作者致读者 _346

花栗鼠的一天 _347

选自"未发表的诗歌"(1935—1965)

他 _351

这棵树 _353

春天的树木 _354

"那只兔子奔向它的树林边" _355

死 去 _357

告别交响曲 _358

时代变得糟糕 _359

"那地方仍空置" _361

有玻璃,有星星 _363

城市,城市 _365

科学的浪漫 _367

维纳斯的诞生 _369

梦 _371

夏日学校 _373

完美的爱情驱逐一切 _376

对一只橘子的爱 _377

符 号 _379

野鸟们 _380

尊贵之人 _382

公共汽车上的女人们 _385

"过去渴望的,且一度确定地渴望的" _387

晨　祷　_389

班贝格　_390

"让我们彼此相爱……"　_391

"森林中央的老果园"　_392

那个谜是什么　_393

重新成为一个孩子
（译序）

我感觉自己像第一个读华兹华斯的人。
它如此朴素，我无法理解。

——贾雷尔

1969 年，贾雷尔的《诗全集》①出版之时，海伦·文德勒在其书评中写道："他把天才置于批评上，把才华用在诗歌上。"这个评价如影随形地跟随着贾雷尔，在许多评论者的文章或著作得到转述、引申和辩论。很显然，对于贾雷尔——这位看重诗歌多于批评的诗人（批评家）而言，这不是一个太值得欣

---

① 《诗全集》(*The Completed Poems*, 1969) 由贾雷尔的遗孀玛丽·贾雷尔和其他人一起所编。因译者关于《诗全集》的前半部分（即《诗选》[1955]）的翻译另以中译本《贾雷尔诗选》出版，本中译诗集出自《诗全集》的后半部分（即第 213 页之后的内容，包括原来的诗集《华盛顿动物园的女人》《失落的世界》及编排在它们之后的诗）：遴选它们中的佳作，并按原来的次序汇集，以《失落的世界》作为诗集名。

慰的评价。然而这个评价准确地指出，贾雷尔的诗歌进程并不像他的批评那样一帆风顺——从出道起就成为相应领域令人瞩目的人物：无论生前还是身后，他的诗歌虽得到一定的声誉，但这种声誉无法与他在批评上的声誉相比，同时也不及西奥多·罗特克、罗伯特·洛威尔和毕晓普这几个同代人。贾雷尔诗歌名气的不足也时见于文学史（类文学史）中，如丹尼尔·霍夫曼主编的《哈佛指南：当代美国写作》（1979）[1]中贾雷尔还占有一两页的篇幅，而在萨克文·伯科维奇主编的《剑桥美国文学史》（第八卷）（1994）中，作为诗人的贾雷尔则几乎不存在（相比之下他生前的好友洛威尔则是大书特书的对象）[2]。针对以上的情况，一种认为贾雷尔诗歌成就被低估、为贾雷尔辩护的声音也一直存在，如威廉·普里查德在其著作《贾雷尔文学传记》（1990）中说，贾雷尔的诗歌成就"被低估了"[3]，苏珊娜·弗格森在她主编的论

---

[1] 丹尼尔·霍夫曼主编的《哈佛指南：当代美国写作》（1979），中文译名为《美国当代文学》（中国文联出版公司，1984年）。

[2] 《剑桥美国文学史》（第八卷，1940—1995诗歌与散文批评）（英文版：剑桥大学出版社，1994年；中文版：中央编译出版社，2008年）尽管对贾雷尔的批评文字有多次征引（可见对作为诗歌批评家的贾雷尔的重视），而且在谈论时代背景时参引了贾雷尔的《国家》一诗，却没有在论诗的专章涉及他的诗。

[3] William Prichard, *Randall Jarrell: A Literary Life*, New York: Farrar, Straus and Giroux, 1990, p.5. 普里查德针对上文海伦·文德勒的说法提出应多关注贾雷尔的诗："接受他的诗歌仅仅是有才华的，（转下页）

文集《贾雷尔、毕晓普、洛威尔和其他人：语境中的中生代诗人》(2003)前言中指出贾雷尔的诗"被遮蔽"①，并坦言那部书旨在一种"解蔽"，而约翰·罗马诺·施弗莱特在著作《世纪中叶美国诗歌：沃伦、贾雷尔和洛威尔》(2013)中也谈到"贾雷尔的遗产""被误解和被忽视"，他认为贾雷尔"总的来说仍然是一个完全被忽视的文学人物"②，并在他的著作中为贾雷尔正名。

对于贾雷尔名气不足的原因，诸多论者有不同的分析。弗格森在她的书《兰德尔·贾雷尔的诗歌》(1971)中认为，这在于贾雷尔没有像罗特克和洛威尔那样以自我为中心，追求"高度发展的个人风格"③，而后两人"在创作主题和态度上都更刻意和强烈地个人化；两者都呈现出一种强烈而独特的世界观，都是他们自己的世界"。④ 在她的书中，她还回应或反驳了贾雷尔的诗常受到的批评——"childish（孩

（接上页）意味着它们不需要被给予持续的、反复的关注（而通过这种关注，它们独特的美德会显现出来）。"
① Suzanne Ferguson, ed, *Jarrell, Bishop, Lowell, and & Co.: Middle-generation Poets in Context*, University Tennessee Press, 2003, p.ix.
② Joan Romano Shifflett, *American Poetry at Mid-Century: Warren, Jarrell, and Lowell*, Catholic University of America, 2013.
③ Suzanne Ferguson, *The Poetry of Randall Jarrell*, Louisiana: Louisiana State University Press, 1971, p.5.
④ Ibid, p.3.

子气/幼稚）"和"sentimental（伤感/感情化）"。而托马斯·特朗维萨诺在他的著作《世纪中叶：毕晓普、洛威尔、贾雷尔和贝里曼与后现代美学的形成》（1999）中，则认为"将贾雷尔归类的困难损害了他作为诗人的声誉"[1]（即贾雷尔由于风格的多样化，难以像兰塞姆被归为"逃亡者"诗人，像沃伦被归为南方诗人，像艾伦·泰特被归为高度现代主义诗人，从而影响他的声誉）；在他的文章《洛威尔与毕晓普的书信反映的贾雷尔》中，他指出贾雷尔的诗之所以无法被洛威尔和毕晓普这样的亲密友人完全认同，在于贾雷尔"对诗歌语言和结构的研究包含了一些独特的、或许仍被低估的特点，这些特点他们（指洛威尔和毕晓普，译笔按）显然已察觉到了，却无法完全表达出来，部分原因是他们缺乏贾雷尔作为一个批评家那种近乎透视的特殊品质"。[2]而斯蒂芬·伯特在《贾雷尔和他的时代》（2002）中则认为"兰德尔·贾雷尔向我们展示了如何阅读他的同时代人；我们还不知

---

[1] Thomas Travisano, *Midcentury Quartet: Bishop, Lowell, Jarrell, Berryman, and the Making of a Postmodern Aesthetic*, Charlottesville: University Press of Virginia, 1999, p.14.

[2] Suzanne Ferguson, ed, *Jarrell, Bishop, Lowell, and & Co.: Middle-generation Poets in Context*, p.69.

道如何解读他"。①

可以预见，这种对贾雷尔的争论在一定时间内还在持续中，通过这种争论，贾雷尔的某些特质及某些未被充分注意或挖掘的诗应当可以被重新发现。而我从所能读到的论贾雷尔的著作和文章中，也发现一个有趣的现象，即除了像《北极90》《黑天鹅》等一些作品获得共同的赞赏之外，对于贾雷尔相当多的诗，不同的评论者往往评价殊异：在一个人看来微不足道的诗，会被另一个人视为杰作；在某个人视为技巧完善的诗，另一个人却看到一些不足。很显然，这种评介的差异性，很大程度在于贾雷尔多样的风格和审美趋向与评论者的审美趣味的契合程度，这一点从早先几个诗人对贾雷尔某首诗的偏爱得到印证：如艾伦·泰特高度赞赏《"牛在裸露的田野徘徊"》，威廉·卡洛斯·威廉斯欣赏《雷迪·贝茨》，兰塞姆推崇《爱尔兰主题狂想曲》，洛威尔独爱《图书馆里的女孩》和《第二天》。

在我的翻译过程中，我体会到，在贾雷尔一些不尽成功的诗中，确实有一些批评者所言的某种问题，

---

① Stephen Burt, *Randall Jarrell and His Age*, Columbia University Press, 2003, p.xii.

如过于伤感或缺乏节制（这些诗在本中译诗集大多未选入），这显然对贾雷尔的诗歌声誉造成影响。同时，如果读者不了解（或不太认可）弗洛伊德精神分析，不清楚贾雷尔诗中一些不易察觉的暗示或典故（一些我能找到并加以注释，一些则未知），也会影响对贾雷尔的诗的欣赏。另外，我察觉到，某些受到某种批评（如《俄瑞斯忒斯在陶里斯》）及被贾雷尔本人边缘化（如《芝诺》，这种边缘化部分因为他的道路选择）的诗自有某种不可代替的价值，却未得到读者及批评家充分鉴赏。而对于贾雷尔一些上乘及近上乘的诗，我完全体认洛威尔的判断——"贾雷尔的内心生活真正的奇异、多样性和微妙，在他的诗中得到最好的言说。"① 贾雷尔在他给毕晓普的信中谈及里尔克："里尔克当然很多时候都极端地自我放纵，但是那些好的诗是如此的好，这就弥补了那一点。"② 不知中文读者读完贾雷尔的诗后有何感觉，至少对我而言，贾雷尔一些好诗的完善感补偿或平衡了我在他另外一些诗中感到的遗憾。

---

① Robert Lowell, "Randall Jarrell," in *Randall Jarrell*: *1914—1965*, ed. Robert Lowell Taylor, and Robert Penn Warren, New York: Farrar, Straus and Giroux, 1967.
② Mary Jarrell, ed, *Randall Jarrell's Letters*, *An Autobiographical and Literary Selection*, Charlottesville: University of Virginia Press, 2002, p.217.

1942年，贾雷尔出版了他的第一本个人诗集《给一个陌生人的血》。这本诗集，集中体现了他早期诗的风貌特征，对于它，评论者的第一个反应是，它们受到诸多诗人的影响，明显有着作者本人曾在文章《诗行的终结》中概括过的现代主义诗歌的特征：语言的实验、暴力、晦涩、对世界的总体关注和批判，等等。弗格森把这本诗集所受的影响描述为"主要是奥登和泰特，但有时有哈代的回声，间以华莱士·史蒂文斯、哈特·克兰、乃至狄兰·托马斯。"[1]确实，当人们读到《"当你和我是所有"》一诗，会想到奥登的诗剧《两边讨好》中的相关合唱词，当人们读到《在铁路站台》的开头（"获得报酬的搬运工绽露他们的笑容，/葡萄树有一张名片，而气候从沐浴者的/太阳，转换为滑雪板的冰，/不能隐藏它——旅程就是旅程。"），会想到奥登《冰岛来信》的相关段落。[2]贾雷尔在这些诗中对世界总体的视野、许多形象和用词（如"陌生人""旅行者"，拟人化的抽象

---

[1] Suzanne Ferguson，*The Poetry of Randall Jarrell*，Louisiana：Louisiana State University Press，1971，p.34.
[2] 正如普里查德所说，《铁路站台》的"景观、措辞、言辞的压缩模式、边境形势，旅途，抽象的'旅行者们'和'旅行者'，葡萄和游泳者的舞台道具，海滩和浮冰，通晓一切的优势的语气都是奥登的，后者两年前写了《冰岛来信》"（见 W.H.Pritchard，*Randall Jarrell：A Literary Life*，p.60）。

词"爱""快乐"①），均可见奥登的影子。除此之外，这本诗集还有与其他诗人的关联：《滑冰者》之于哈特·克兰，《"牛在裸露的田野徘徊"》之于泰特，《一首小诗》之于早期狄兰·托马斯。②

早期的贾雷尔并未完全倾向于他推崇的某个诗人，而体现某种折衷的综合风格，他的探索包括：1.在形式上，有四行（或五行、六行）一节的诗体（偶尔有押韵，但不拘泥）、素体诗、自由诗，间或有歌谣体、戏剧对白的尝试，一首诗中时而有特定几个词的重复，等等。2.在主题、立意、辞句上，有着现代主义诗歌的典型特征：对文明的批判，绝望的情绪，暴力，死亡愿望的涌动，弗洛伊德的知识背景，一定程度上的晦涩。自马尔科姆·考利对《给一个陌生人的血》的书评始，后来的批评者对它的不足均有所指出③，如弗格森说有些诗缺乏"具体的情境""客观关联"和"晦涩"："在一些诗中的晦涩也是一个问题，尽管大多数诗在耐心的阐释中至少会产生一种

---

① 可见于《献给西班牙被杀者的诗》等诗，尤其在《爱，以其分别的存在》。
② 在早期所写而未收入这本诗集的一些诗中，《梦》可见与哈代的关联，《乡村是》是对玛丽安·摩尔的戏仿。
③ 布莱恩特的《理解贾雷尔》、普里查德的《贾雷尔文学传记》和斯蒂芬·伯特的《贾雷尔与他的时代》多有批评。

普遍的感觉；这些难解的地方来自一种对代词和介词有时故意模棱两可的应用，有时来自准超现实主义意象。""在意象上兼收并蓄，在联想上变化太大，以至于无法解释。"①

贾雷尔的早期诗是了解早期贾雷尔必不可少的文本，尽管有前述的某些弱点，但它们也以某种形式和才能（时而是灵光一现），面对正变动着和撕裂着的世界（《"肥胖，衰老，那孩子紧贴她的手"》《冬天的故事》），指向人类普遍的苦难和文明的暴力与堕落（《1789—1939》），捕捉社会危机中的普遍心理（《恐惧》），感应着战争的残酷（《机器人》），对另一个地方正在发生的事投出关切的目光（《献给西班牙被杀者的诗》），在非个人化表达中蕴含个人的感情（《在铁路站台》）；同时也在一些诗中，显示他沉稳的才华："在家里，穿着我的法兰绒睡衣，像熊走向它的浮冰，/我爬上床；整晚航行，我到达地球/不可能的边缘……"（《北极90》），他后来诗歌中的某些因子（如童话-神话-孩童视角）也在《北极90》、《恐惧》和《道路和人民》的结尾显露出来：

---

① Suzanne Ferguson，*The Poetry of Randall Jarrell*，p.35.

> 但它没被喂养,而最终被背叛,
> 被那些凝视的羊状形体吸得空空,
> 那个梦着的、非人的世界,
> 一个冬夜的森林。

早期诗有些也有具体的情境设置(《一个故事》《难民》和《盲羊》),而有时是个人情感的角度和时代总体的相融(《"当你和我是所有"》),这些因素,后来也被揉入他以后的诗中。《给一个陌生人的血》仅有八首诗被贾雷尔收入自己所编的《诗选》(1955),但实际上,在那些未收入《诗选》的诗中,仍有不少效果颇佳之作,如《论人类意志》《美学理论:艺术作为表达》《智慧的脑袋》《献给西班牙被杀者的诗》,此外,几首古希腊题材的诗也表现不俗,《"在水面之上,在他们的劳作中"》节奏自然,形象凝练感人,而在《芝诺》中,"飞矢不动"的命题在张弛有度的风景化呈现和辩驳中被戏剧性地带入了当下,从而将古往今来的人类命运联成一体:

> ……或,像迷失的领航员,
> 大海路程上凝视,
> 而感觉,仍在你的胸膛啃咬,

> 那不可战胜的、变幻莫测的决心——
> 或，翻滚着，粉碎着，绞杀着，叫喊着而看到
> 火箭那铁青色的、流线体的纪念物。

在《给一个陌生人的血》之后，贾雷尔相继出版了三本诗集①，为此布莱恩特在其著作《理解贾雷尔》中对这四部诗集有扼要的描述："就《给一个陌生人的血》的贾雷尔来说，他的作品在内容和形式上都是探索性的。《小朋友，小朋友》和《损失》这两卷书都是战争诗，因此，在他看来，这一题材的重要性是毋庸置疑的。在那里，贾雷尔只是专注于使形式合适。当他开始为《七里格之杖》写诗时，他已经确定了自己的主题，并学会了控制自己的形式。"②这种概括简明扼要，但为了深入了解贾雷尔，需要对其中的各种情况作细致的观察③。《小朋友，小朋友》和《损失》包含了贾雷尔的《球形炮塔炮手之死》《齐格弗里德》《焚信》等名闻一时的"战争诗"，在这些诗中，他一改以往的整体性视角和抽象性描述，通过一个个与战

---

① 即《小朋友，小朋友》(1945)、《损失》(1948)和《七里格之杖》(1951)。
② J.A.Bryant, *Understanding Randall Jarrell*, Columbia: University of South Carolina Aiken Press, 1986, p.15.
③ 译者在贾雷尔另一本中译诗集《贾雷尔诗选》的序言中有更多的涉及。

争相关的场景的写实性扫描，以个体的命运来呈现人类的整体。这些"战争诗"中的人道关怀令人不禁想起死于第一次世界大战的英国诗人威尔弗雷德·欧文的名言："诗歌在怜悯中"，而与欧文的诗有所不同：这些诗的主体大部分是空军士兵（以他的话来说他们"天真又无辜"），而在表现他们的命运状况之时，除了有现场感的"写实"外，相当侧重于人物的精神分析，倚赖梦幻的描写和孩童的角度，以此来揭示人物的灵魂挣扎和"孩童"般的单纯和脆弱无力。

《小朋友，小朋友》和《损失》中的战争诗让贾雷尔在普通读者中获得广泛名声，然而，正是它们之后的另一部诗集《七里格之杖》（1951）进一步奠定他在许多诗人和批评家这些"专业读者"心目中的地位。《七里格之杖》包含了《图书馆里的女孩》《黑天鹅》《奥地利的一个英式公园》《爱尔兰主题狂想曲》《霍亨萨尔茨堡：浪漫主义主题的奇妙变奏》等力作，又有《骑士，死神，魔鬼》《约拿》和《睡美人：王子的变奏》等别具一格的诗作，所有这些作品对各种题材和主题令人耳目一新的进入，各种技艺（尤其是戏剧性独白及对话）得心应手的运用，让更多的人看到贾雷尔的创造力，如对贾雷尔有诸多批评的罗森塔尔在一篇书评中称"在一个很好的年份出版的最好的诗集之一"①,而洛威尔更是热情地赞赏了此部诗集,称此时的贾雷尔为"我们四十岁以下最有才华的诗人","欧洲意义上的文学家,具有真正的气魄、想象力和独特性",其"智慧、感召力和优雅让人想起了蒲柏和马修·阿诺德"。② 其他人的评价也令贾雷尔欣慰:如奥登说它"相当好"(贾雷尔在其书信里透露,当他遇见奥登时奥登这样评价它);另外,它也获得《论极权主义的起源》的作者汉娜·阿伦特的赞言(她将之描述为"赤裸而直接")。《七里格之杖》的全部诗篇被收入几年后出版的《诗选》(1955),显示贾雷尔自己对它的看重。③

《七里格之杖》出版九年后贾雷尔才推出《华盛顿动物园的女人》(1960)④,并获得了全国图书奖,然而,这部诗集多样的题材及迥异的美学追求显示,这时的贾雷尔并没全力地发展其"戏剧诗人"⑤的才能,

---

① M.L.Rosenthal, "Of Pity and Innocence," in *Critical Essays on Randall Jarrell*, G.K. Hall, 1983, p.30.
② Robert Lowell, "Randall Jarrell's Wild Dogmatism," in *Critical Essays on Randall Jarrell*, p.27.
③ 对于《霍亨萨尔茨堡:浪漫主义主题的奇妙变奏》等重要诗作,译者在中译诗集《贾雷尔诗选》的序言中有所分析。
④ 在这部诗集中,收入贾雷尔翻译的又广受好评的9首里尔克的诗,以及歌德、爱德华·弗里德里希·莫里克和立陶宛诗人拉达斯卡斯(Herikas Radauskas)各1首诗。
⑤ 贾雷尔曾经在给他的第二任妻子玛丽·冯·施雷德的信中,(转下页)

并没像洛威尔或毕晓普那样——在找到一个合适的形式、语言和风格后,不断地发展它、强化它,让它成为一种辉煌的东西,而是采用多线并进的策略(或者说他仍在探索中):如《华盛顿动物园的女人》以一个场景激起呼喊的冲动,《彩虹的尽头》以挥洒的文字探究一个孤独女画家的生活困惑,《在那些日子》以朴素的语言和简约的风格呈现个人感情经历①,《哲罗姆》在古代圣人和现代精神分析师之间寻找一种对位和折射,而《多纳泰罗的青铜大卫像》(其体现贾雷尔身上的"艺术崇拜")却在一种不急不缓的"艺格敷词"(ekphrasis)中追求视力的精确。

《华盛顿动物园的女人》包含贾雷尔多种类型的诗:1.当代生活;2.童话、传说和神话;3.艺术品和历史,在它身上,比较显眼的是:孤独的主题(《华盛顿动物园的女人》《彩虹的尽头》《孤独的男人》)、凄凉弃绝的情绪(《窗》《一个幽灵,一个真正的幽灵》)……作为诗集名的诗《华盛顿动物园的女人》是贾雷尔经常被人提起的后期代表作,诗中那个女

(接上页)说他从《七里格之杖》开始已是一个"戏剧诗人,而不是抒情诗人"。
① 这令人想起之前贾雷尔所写的诗《去年圣诞节我在家乡的时候》,这种专写个人感情的风格或可称为"哈代式"风格。

人形象（很容易让人联想《脸》中的元帅夫人，以及《第二天》那个站在朋友葬礼上的女人），成为贾雷尔诗歌诸多女人/女孩形象中显眼的一个；她的内心呼唤——"改变，改变"几乎是所有被漠视者的呼声（它也被女权主义者视为一个可以唤出的口号）。相应地，这部诗集中的《涅斯托尔·格利》承继此前的"孩童诗"系列（《病孩子》《黑天鹅》《雷迪·贝茨》等），将其推向一个新的高峰——在这里，报童涅斯托尔·格利的派送"拂晓"同人类的未来联系在一起。这首诗是《霍亨萨尔茨堡：浪漫主义的主题变奏》诗歌风格富有成效的发展，彰显贾雷尔诗歌平凡中见奇异之力。而对于另外一首诗《经由弗洛伊德的德语》，尽管许多论者仅将其界定为一首"有趣的诗"，我却在它对另一种文化的陌生化注视中感受到一种活力，一种现代诗歌少有（因而值得关注）的喜悦感：我愿意将它视为一首新奇和非凡的诗，并因它本身的某种"孩子气"，把它列为《涅斯托尔·格利》在这部诗集里的姊妹篇。

自二战结束以后，贾雷尔逐渐把关注点转向人们的日常经验，在他的笔下，男人与女人、生命和死亡、孩子和老年、绝望和希望等主题得到不同角度的演示，此时的他认同华兹华斯《抒情歌谣集序言》中的诗学，以"人们真正使用的语言"（他后来喜欢引用诗人玛丽安·摩尔的一句话，"猫狗都能读懂的普通美国英语"）写平凡人的生活。同时，弗罗斯特也是他推崇的对象，他在其文章中赞赏弗罗斯特："弗罗斯特的德性是异乎寻常的。活着的诗人没有一个曾如此之妙地描写过普通人的行为：没有几个诗人像他那样洞悉人类，这种洞悉使他得以写出那神妙的戏剧独白或戏剧场景……""弗罗斯特的严肃和诚实；如其所是地接受本来事物时坦然的悲伤，既未得到夸大，也不能讲得一清二楚；许多、许多的诗里有着真实的人物，他们说着真实的话，带着真实的思想和真实的感情——"① 因此，以弗罗斯特为参照物，同时借助贾雷尔批评弗罗斯特时所持的观点（这之中可显现贾雷尔的关注点），可以方便地鉴照贾雷尔在诗集《华盛顿动物园的女人》、诗集《失落的世界》及《捡拾》等另外几首诗中的思路、趣味、手法和最终成就。

如同诗集《华盛顿动物园的女人》，《失落的世界》这部诗集也是贾雷尔几种类型诗的集合，而在此之中，颇为引人瞩目的是标题组诗《失落的世界》和相关的另一首诗《想起失落的世界》。在这几首诗中，

---

① 见贾雷尔著《另一个弗罗斯特》，这里的译文出自周伟驰。

贾雷尔舍弃了他之前常用的"人格面具"(persona)，用一种朴素的日常语言，以自己的身份直率地追寻他的童年，像普鲁斯特[①]一样"追寻失去的时间"。在组诗《失落的世界》中，与其说贾雷尔是个"戏剧诗人"，不如说他是个注重细节和场面、在展现其叙事热情的"叙事诗人"，而为了这种叙事不走向散文化，他以三行诗体（terza rima）的韵式（aba，bcb，cdc…）加以约束，腾挪于多个场景和情节（孩子的武器、观赏学校戏剧、参观"老爹"工作地方等）中。钟爱抒情诗模式的读者，或许时而会不耐烦这种徐步而行的"细节诗"节奏，但在这里，贾雷尔以一种真切的语调和细节的确当把握着整首诗，将人们一步步引入他心中那个魔力世界：

> 在我回家的路上，我经过一个摄影师，他
> 在汽车保险杠上的平台，
> 而车内，一个喜剧演员晃动着，前冲着，
> 工作着；在一个白色片场，我看到一个明星

[①] 洛威尔在哈佛大学课堂教学中谈及贾雷尔："他对普鲁斯特很着迷，可能想要有意识地模仿。""如果你没熟悉你的参照物，这种写法可能会激怒你。"（见 Suzanne Ferguson, ed, *Jarrell, Bishop, Lowell, and & Co.: Middle-generation Poets in Context*, p.310）。

>在鼓风机呼啸的狂风中，跌跌撞撞
>走到她的雪屋。在梅尔罗斯一只恐龙
>还有翼龙，带着它们纸浆般的
>苍白微笑，俯视着
>《失落的世界》的围栏。

在组诗《失落的世界》中，"妈妈"和"老爹"并不是他的母亲和父亲，而是他祖父母，他们间的融洽相处造就贾雷尔人生中最美好的时光，在这儿，童年世界的美好让人久久地回味——"对我来说/是玩耍，对他们是习惯。幸福/是一种安静的存在，令人屏息而又熟悉……""天空已变灰，/我们坐在那里，在我们美好一天结束的时候。"同时，这首诗又不是一般意义上的田园牧歌诗，它在字里行间追寻着时光之谜，生命之谜——"我/安宁地在我的武器中，坐在我的树中/感觉着：周五晚上，然后是周六，然后是周日！""在这城市，我的兔子/依赖于我，我依赖于每个人——这最初的/童年的罗马，在每种习惯中如此绝对……"诗中的那个孩子（"我"）体验着生活中的种种乐趣，展露微妙的心理痕迹，如关于"伤害"——"……真实的懊悔/伤害了我，在此，此刻：那小女孩在哭泣/因为我没有写。因为——/当然,/我是个孩子,所以我错失它们。但辩护/也会伤害……"同时,他也在"'妈妈'杀鸡"那一场景窥见生命的残酷(他后来又在短诗《洗涤》中重温了这一场景)。就这样,在一种絮絮叨叨又兴致勃勃的语调中,在一种传神的心理呈现中,在一种质朴无华又微妙的语言中,不知不觉地达到一种令人意想不到的总体效果:

> ……玻璃,如玻璃所为,
> 围拢起一个女人气的、孩子气的
> 和小狗气的宇宙。我们将我们的鼻子
> 贴向玻璃许愿:天使和章鱼
> 飘浮过葡萄藤站,日落大道,闭上眼睛
> 将他们的鼻子贴向他们的玻璃许愿。

《失落的世界》余音绕梁的结尾证实了这首诗的魅力,令人确信一种朴素的语言也能完成一首非凡的诗。同时,实际上,这组诗对孩童世界的表现,是他一向以来孩童主题/视角的延续,也是一种新的成果。对于"童年"和"孩童"视角对贾雷尔的意义,洛威尔在其文中有准确的把握:"尤其是,童年!这个主题对许多人来说是草率的、受到玷污的陈词滥调,对于他则是他最喜爱的两位诗人——里尔克和华兹华斯——的一种支配性的卓越的视野。在肤浅的人们那里,童年和少年时代的回忆充满着哀伤悲怆,乃至矫揉造作的迷雾,但对贾雷尔而言,这是神圣的一瞥,终生相伴,痛苦而温柔的再生,转变,成熟……"[1]

贾雷尔这种对孩童的关注,显然有弗洛伊德(及其后继者)思想影响的因素,但同时,也与他自身的心理伤痕,与他童年缺乏母爱紧密相关。即使有《贾雷尔文学传记》这样的著作,但迄今为止人们对他和他母亲的关系具体细节的认识仍不充分,而从《被子图案》《王子的变奏》《女人》等诗中,仍可窥见一种奇特的母子关系的存在,其特点正如海伦·哈根布彻所总结的:"在他的诗的世界中,没有一个孩子能在危难或危险的时候依靠母亲的帮助,因为母亲总是被描绘成要么不在,要么死了,要么晕倒了,要么疯了,要么充满敌意。在他的一生中,贾雷尔痛苦地意识到,他的性格在很大程度上是由他童年的经历决定

---

[1] Robert Lowell, "Randall Jarrell," in *Randall Jarrell: 1914—1965*, ed. Robert Lowell Taylor, and Robert Penn Warren, New York: Farrar, Straus and Giroux, 1967, p.101—112.

的，尤其是在他母亲那里获得的成长经历。"①

很显然，对孩童的关注成就了贾雷尔大部分的诗，形成他诗歌一种独特的风貌，读者可以以此作为进入贾雷尔诗歌世界的一个入口——在贾雷尔的诗中，儿童被作为起点和终点（《林中房子》），孩子作为信仰（《"过去渴望的，且一度确定地渴望的"》）、作为象征（《1789—1939》）、作为"参照系"（《来自航空母舰的飞行员》）、作为修辞语汇（《一个男人在街上遇见一个女人》）。贾雷尔不仅将他的诗笔指向不同生存状况的真实孩童（《圣诞节前夜的前夜》《雷迪·贝茨》《协议》《走近石头》《国家》《真相》），而且在广泛征引童话作为诗歌资源后直接写下几本童话书（《飞越黑夜》《蝙蝠诗人》）；在他的诗中，士兵被视为孩子（《第二空军》《摇篮曲》），父母被视为孩子（《希望》②《自动钢琴》），快车中的观察者被视为孩子（《东方快车》），熟睡的女孩和对女孩浮想联翩的叙述者被视为孩子（《图书馆里的女孩》）；他以孩童的眼光看待历史（《詹姆斯敦》）、看待自然（《猫头鹰的睡

---

① Helen Hagenbüchle, "Blood for the Muse: A Study of the Poetic Process of Randall Jarrell's Poetry", in *Critical Essays on Randall Jarrell*, p.103.
② 贾雷尔写过两首以《希望》为题目的诗，这里指出现在诗集《失落的世界》的那一首。

前故事》《花栗鼠》),人与世界的关系被看作孩童与大人的问答游戏(《萨尔茨堡的游戏》);他描绘作为孩子的大卫(《多纳泰罗的青铜大卫像》),俄瑞斯忒斯孩子般脆弱(《俄瑞斯忒斯在陶里斯》),"伟大的歌德"被看作"是个孩子"(《城市的旁观者》),而人们在特定的情况下会不由自主地回到童年:战俘在回忆中回到孩童的游戏中(《勒夫特战俘营》),那个有浪漫情史的老女人以一个特定的动作回到孩童时期的捡拾(《捡拾》),同样地,《自动钢琴》那孤独的老年女人在钢琴声中重新成为父母膝上的一个孩子。如许多人已看到,贾雷尔以一己之力,刷新了这个容易被人滥用(或已被滥用)的母题。

当谈及贾雷尔诗中的"孩子气"时,有必要审视贾雷尔个人生活中的"孩子气"。对于后者,兰塞姆和沃伦等人的回忆性文章、书信和诗皆有所涉及。兰塞姆在其文中称呼贾雷尔为"孩子贾雷尔",洛威尔在一首十四行诗中,同样以此相称,而沃伦在给奎因修女的信中谈到贾雷尔:"相当迷人的孩子气——不像成年人那样虚荣……我很喜欢他。所以欣赏。"[1]

---

[1] *Selected Letters of Robert Penn Warren*: *Volume Five*, Backward Glances and New Visions, 1969—1979, Baton Rouge: Louisiana State University Press, 2011.

其他的友人，如罗伯特·菲茨杰拉德的文字，都留下许多关于贾雷尔身上特别"孩子气"的趣闻[1]。这些描述与贾雷尔诗中的"孩子气"形成一种有趣的互文关系。贾雷尔在他涉及第一次世界大战的散文诗《1914》中写到"布莱克说过：'无组织的天真：不可能'"。显然，他会认同布莱克的另一句话："天真与智慧同在，但绝不与无知同在。"而他的组诗《失落的世界》和《想起失落的世界》正试图以一种朴素无华的语言抵达一个纯洁而真实的"天真"世界。

洛威尔将诗集《失落的世界》称为贾雷尔"最后的、又是最好的一本诗集"，并不一定是贾雷尔突然去世的悲痛而发的慷慨之言。无疑，这部诗集相当一部分诗强烈的自传性，以及两首较长的诗《希望》和《女人》等，对当代家庭生活的探究契合了洛威尔当

---

[1] 普里查德在他著作《贾雷尔和他的时代》中转述了罗伯特·菲茨杰拉德的回忆并评论："或者罗伯特·菲茨杰拉德，他回忆起1952年夏天和贾雷尔在采石场游泳的那一刻，当时两人都在印第安纳文学院。贾雷尔处在发现罗伯特·弗罗斯特诗歌的乐趣的过程中，'有一天，他在采石场的池塘里，悬在一根漂浮的木头上……开始大声地引用诗《给，给》，令他越来越惊讶和高兴的是，他成功地凭记忆直接读了出来。''啊，我不知道我已经记住了！'兰德尔是我认识的为数不多的几个咯咯笑的男人之一。他真的这样。'娃娃！'他会叫喊，他的声音只是上升并在喜悦中中断。'只有一个从不喝酒的诗人，一个碾过你却没有伤害你的评论家，才能悬在印第安纳采石场池塘的一根木头上，引用《给，给》，然后继续'咯咯笑'。娃娃，真的！"。（见 W.H.Pritchard，"Randall Jarrell: Poet-Critic," in *Critical Essays on Randall Jarrell*，p.121.）

时的诗歌路向——而洛威尔也近乎把《第二天》看作贾雷尔"最伟大的诗"①。但对于其他论者而言,贾雷尔在这部诗集的若干诗作(如《希望》)中,在拓展日常语言的空间时也似乎遭遇到某种难度:他在某些段落发挥了开阖自如的"戏剧才能",在另一些段落似乎力度不足,因而总体效果如《彩虹的尽头》一样未尽人意。不过,这部诗集中另外一些诗证明了他的诗歌才能,捍卫了他的尊严,如《失去的孩子》(弗格森称《失去的孩子》是贾雷尔诗歌中最优美、最感人的一首"②)和《在美术馆》以真正的质朴无华达到一种感人肺腑的人性深度,而《那个与众不同的人》聚焦于他一直关切的母题——死亡超越,其开阖自如的节奏和奇特的张力令人想起《霍亨萨尔茨堡:浪漫主义主题的奇妙变奏》,同时也留下他的神来之笔——"我感觉自己像第一个读华兹华斯的人。/它如此朴素,我无法理解。"同样,《黑森林中狩猎》《林中房子》和《田野和森林》也把贾雷尔"神话-童话-寓言-幻想"类型诗推向一个高峰,成为他后期的代表作。

---

① Suzanne Ferguson, ed, *Jarrell, Bishop, Lowell, and & Co.: Middle-generation Poets in Context*, p.131.
② Suzanne Ferguson, *The Poetry of Randall Jarrell*, p.209.

《黑森林中狩猎》是一首技艺娴熟的诗,暗含一个宫廷谋杀的故事,不同的评论者对它有不尽相同的解读:奎因修女认为它是"梦里的谋杀……相当于那个孩子想要摧毁成人世界某部分的强烈愿望"[1],弗格森称它"表达了孩子对权威的复仇欲望"[2],斯蒂芬·伯特将它视为"恋母情结的寓言"[3]。《田野和森林》检视了人在世界的存在方式及对此的认识,从而触及意识和无意识的差异和关联——在诗中,贾雷尔以"田野"和"森林"为原型图像作寓言化的展开。对于贾雷尔诗歌中的原型图像,海伦·哈根布彻的文章有富于启示性的析解,她指出:"人们经常注意到,贾雷尔的诗歌中充满了神话和故事的主题,以及精神分析案例研究和梦境。和荣格一样,贾雷尔认为神话、童话和个人的梦揭示了人类精神的本质,尤其是创造性行为。""根据荣格的观点,当大脑处于意识强度降低的状态时,如在梦中、醉酒或童年早期,原型图像更容易理解。"[4]海伦·哈根布彻的文章为了解贾

---

[1] Bernetta Quinn Sister, "Metamorphoses in Randall Jarrell", in *Randall Jarrell: 1914—1965*, ed. Robert Lowell Taylor, and Robert Penn Warren (New York: Farrar, Straus and Giroux, 1967), p.148.
[2] Suzanne Ferguson, *The Poetry of Randall Jarrell*, p.198.
[3] Stephen Burt, *Randall Jarrell and His Age*, p.90.
[4] Helen Hagenbüchle, "Blood for the Muse: A Study of the Poetic Process of Randall Jarrell's Poetry", in *Critical Essays on Randall Jarrell*, p.101.

雷尔诗歌世界打开了一扇窗口。

就像《童话》《被子图案》《田野和森林》等诗，《林中房子》是贾雷尔涉及原型图像诗中的佳作（它或许是贾雷尔最为神秘的诗）。这首诗描绘着一幅人类从白昼（日常、理性、历史）终将归于夜晚（睡眠、梦、无意识、幽暗状态）的总体图景，而它对寂静、幽玄的感觉和描述有一种无与伦比的奇异——"没有什么落得这么深，除了声响：一辆汽车，许多货车，/一种高高的轻柔的嗡嗡声，像一根电线拉长"，在这里，人最终在幽暗的梦中回到本初：

  在这儿，世界的底部，前于世界且将后于它的
  东西，将我抱至它的黑胸脯

  并轻摇我：烤箱冷冷，笼子空空，
  在**林中房子**，女巫和她的孩子已入梦。

《林中房子》的某些描述令我想起库布里克的电影《太空漫游2001》（1968）中最后一幕，这首诗的结尾，是海伦·哈根布彻所言的"伟大母亲原型图像"（这一原型也可以追溯到早期的诗《艰难的解决》

中的"母亲"形象，而在此处一个安宁的"女巫"形象取代了以前那个躁动的意象）。如同贾雷尔同类型的其他诗，《林中房子》也有一种梦般的幽静，令人回溯起《黑天鹅》和其他诗中那些不尽相同的氛围，感知并比较它们不同的色调和声音。

在贾雷尔生命的尾声中，有几首诗常得到人们的赞赏，这就是拟收入他下一本诗集的《捡拾》《一个男人在街上遇见一个女人》和《自动钢琴》。而它们的优异显示写下它们时的贾雷尔如获神助：《自动钢琴》有着弗罗斯特式的自然和华兹华斯式的朴素无华[1]，在诗中孩子伸出那情不自禁的手——"play I play（演奏我演奏/玩耍我玩耍）"——简单的语言蕴含着难以言说的丰富意味；《捡拾》则以一个动作串起一个人的一生，显得凝练有力；而技艺成熟的《一个男人在街上遇见一个女人》如《霍亨萨尔茨堡：浪漫主义主题的奇妙变奏》那样摇曳多姿，其语言的自如显现在各种似乎信手拈来的比喻和偶发的联想中：

---

[1] 弗格森认为："和华兹华斯一样，贾雷尔也想用一种人类实际使用的语言，来界定和表达美和意义，或普通生活。尽管他的许多尝试都以华兹华斯尝试的方式失败了，但在几首诗中，我们可以毫不夸张地说，他比他的老师更成功：《华盛顿动物园的女人》和《空间中的灵魂》就是这样的两首诗"（见 Suzanne Ferguson, *The Poetry of Randall Jarrell*, p.229）。

　　　　一个有着熟悉的温暖、新奇的

　　　　温暖的女人，属于我喜欢的类型，我跟随着，

　　　　这种类型的崭新范例，让人

　　　　想起洛伦兹刚孵出来的小鹅们是如何

　　　　把鹅蛋的最后残余抖掉

　　　　又，看着洛伦兹，认为洛伦兹

　　　　是它们的母亲。嘎嘎叫着，他的小家庭

　　　　处处跟随他；而当它们遇到一只鹅，它们的

　　　　母亲，却惊慌地跑向他。

在这里，小鹅们的比喻带来了童真、真挚和喜剧感。而在这个段落之后，对美丽女人的激动人心的追随，竟引入了几个貌似不相干的蒙太奇情景（施特劳斯演奏《厄勒克特拉》、弥留之际的普鲁斯特修改校样、嘉宝的电影表演），显示了他作为"戏剧诗人"的掌控力。贾雷尔在此诗的另外一个成就，是他意想不到地为现代诗歌带来一个奇特的副产品——"悬念美"：整首诗在让人饱览各种风景、打开各种感官幻想的最后才明白作者所指，同时在豁然开朗之时又有一种悲欣交集之感。细心的读者

会注意这首诗中萦绕着贾雷尔诗歌的关键词（"wish［希望］"和"change［改变］"）——"愿这一天／一如既往，是我生命的一天。"而贾雷尔式的语言微妙，如同他的《空间中的灵魂》等诗，呈现在对感觉的细微辨认和描述上，在言辞的犹豫和欲言又止上：

> 当你转身你的目光掠过我的眼睛
> 而在你脸上那轻如叶影快似
> 鸟翼的神色一闪，
> 因这世界上没人完全像我，
> 只要……只要……
> 　　　　那已足够。

在贾雷尔后期的诗中，叙事／叙述（及某种程度上的戏剧化处理）成为他的诗歌主要的结构手段，无论是《一个男人在街上遇见一个女人》《自动钢琴》这样以情动人的诗，还是《黑森林中狩猎》这样的情节诗和《三张钞票》这样的讽刺诗，都在场景的描述、对话的选择和细节的展开中，纡徐地带动诗的节奏。对此，珍妮特·夏里斯塔尼安曾有所分析："对他来说，重要的是诗人要把现代历史戏剧化，因为它是借助相当平凡的人们存在于日常生活的基础上；'世界就是一切实存'，他这样称呼其《诗选》(1955年)中的一个部分。因此，他怀疑概括、美学或其他，因为它们暗示诗人和主题之间相当远的距离，而一种同情且'与生活直接的接触'应该表现在细节、详情——这些抽象的对立面中自我揭示。"① 而在贾雷尔一些出色的诗(如《黑森林中狩猎》)中，他显示了在"细节、详情"选取和处理上的恰当，在语言和节奏把握上的能力，从而让诗歌在语言叙事(包含独白、对话和描写)中带来了风景、感情和领悟。

贾雷尔的《诗全集》(1969)的编排方式给人一种印象：他的诗歌可分为"贾雷尔正典"和"'正典'外的诗"。前一部分包括《诗选》和《华盛顿动物园的女人》《失落的世界》三部诗集以及"新诗"②，后一部分包括：曾收入《给一个陌生人的血》等前三本诗集但后来被《诗选》"驱逐出来"的诗、"未收集的诗"③以及"未发表的诗"④。这种分类，似乎容易让人

---

① Janet Sharistanian, "The Poet as Humanitarian: Randall Jarrell's Literary Criticism as Self-Revelation", in *Critical Essays on Randall Jarrell*, p.249.
② 这四个部分放在《诗全集》的前355页中。"新诗"包含了《捡拾》《自动钢琴》等几首重要的诗。
③ 指最初发表于各种刊物但未收入各种诗集的诗。
④ 这一部分，大致是他未正式发表的诗。

忽视所谓"'正典'外的诗"的存在，对于这些诗的价值，我在前文已有所涉及，在此我愿再作进一步的说明。如同"正典诗"，这些"'正典'外的诗"按其内容可分为：社会批判、日常生活、神话和童话、个人的情感、哲学及美学思辨，等等，在我看来，它们中的许多诗仍蕴含着贾雷尔的诗歌才华，有着不可替代的价值，亟待读者的关注。比如，最值得关注的是《俄瑞斯忒斯在陶里斯》①，在这首诗中，贾雷尔偏离欧里庇得斯和歌德的版本②那令人欣慰的圆满结局，而突出一个个人无法抗拒人类暴力和命运的主题。尽管弗格森对这首长诗颇有微词，我仍认同罗森塔尔对它的描述："贾雷尔重新塑造了这个神话，以一种持续良好的不押韵的四重音和五重音的模式，专注于一系列的印象，感觉状态，以及俄瑞斯忒斯所经历的感觉，造成了心理混乱和野蛮辉煌中的恐怖效果。"③ 在我看来，《俄瑞斯忒斯在陶里斯》是一个心理剧，不注重人物性格的刻画，而在于风景和幻觉的描绘、神秘和恐惧气氛的渲染、仪式的迷恋以及悲痛的表达，

---

① Suzanne Ferguson, *The Poetry of Randall Jarrell*, p.67.
② 欧里庇得斯和歌德均写过《伊菲琴尼亚在陶里斯》。
③ M.L.Rosenthal, *Randall Jarrell*, Minnesota: University of Minnesota Press, 1972, p.23.

并以此指向他所关注的人类野蛮、暴力、无意义、原始性的母题。对我来说,这首诗如同它的参照物(希腊史诗)语言明朗,节奏确当,它对原始和野蛮的关注令人猜想贾雷尔对《金枝》的熟悉与兴趣,同时又在这种人的野蛮和暴力中突显人的伦理感情(在诗中是姐弟之情);在这首诗的结尾,贾雷尔仿效希腊史诗引入"漫游者"的副线和皮奥夏王子及其妹妹的故事,无疑丰富且深化了这首诗。

除了《俄瑞斯忒斯在陶里斯》,《"那只兔子奔向它的树林边"》独特的描写显现它的品质,这首诗如同贾雷尔"神话-童话"类型那些出色的篇章(如《黑天鹅》),在它的神秘中显示一种陌生化力量:诗中的幽灵似乎是院子中的人的已离世的亲人,他的回返所带来的"陌生"会面,呈现了一种奇异的诗歌效果,而结尾处那宛若电流的"爱"贯通了整首诗,令其具有感人的力量。一些貌不惊人的诗也显现它们的价值:《维纳斯的诞生》生物描写细致生动[1],《十一月的鬼魂》对安宁夜晚的描写温馨动人,《有玻璃,有星星》对爱情痛苦的感觉的描写平静又感人,《乡村是》即使是戏

---

[1] 弗格森在她的著作中把它单独列出来,认为它是被贾雷尔自己忽略的佳作。

仿之作仍显露作者的才华,《公共汽车上的女人们》中对于每一个行人"或许是死神"的猜测显示它的深度所在,贾雷尔生命后期的几首短诗在语言的简练中呈现某种效果,如《晨祷》的悲戚、《班贝格》的精警、《那个谜是什么》音调的回环。此外还有一些诗,各有其优长之处,限于篇幅我在此无法细说。

贾雷尔在二十世纪中叶的诗歌批评界定了必须引起重视的前辈诗人及正当兴起的新诗人,塑造了一种新传统,也培育着一种新的诗歌趣味,对以后美国诗歌产生深刻的影响力,而在诗歌写作上,他与其好友洛威尔、毕晓普和约翰·贝利曼等人,在二十世纪中期美国诗歌的转向上各自探索着一种新的语言。关于贾雷尔诗歌成就的评价的一个分歧点,是贾雷尔身上"一种新的风格""一种新的语言""一种真正原创的节奏"存在与否的问题,就如海伦·文德勒所言,他没有"以伟大的方式创造新的形式、新的风格或新的主题"[1],而丹尼尔·霍夫曼说他"还未获得真正原创的节奏"[2],但《空间中的灵魂》《霍亨萨尔茨堡:浪漫主义主

---

[1] Helen Vendler, "The Complete Poems", in *Critical Essays on Randall Jarrell*, p.40.
[2] 丹尼尔·霍夫曼主编,《美国当代文学》,中国文联出版公司,1984年,第679页。

题的奇妙变奏》《黑天鹅》或《自动钢琴》等诗是否可以代表一种新的语言和新的风格？在那些诗中，在感觉的细微、言辞的犹豫表达和意趣的微妙上是否显示了"一种真正原创的节奏"？无疑，从《七里格之杖》以后的几部诗集来看，贾雷尔"多线并进"的方式似乎减弱了他探索的力度；他在各种风格类型的诗中总体上的稳步推进似乎表明：他想在某一种风格中生成一首不同的诗，他致力于让某一首诗璀璨夺目，而无意熔铸成一种辉煌的个人风格。而这，或许是由于苏姗娜·弗格森所谈到的，在诗人与世界、诗人与诗歌的关系中，贾雷尔更关心世界而非关心修辞和风格，更愿意自我的消隐[①]，而非对自我的倚重；或许是他作为批评家，对各种风格有着过分一视同仁的爱；或许是他在批评上花费了太多精力，无法全力推进他的诗歌以造就一种"新的形式、新的风格或新的主题"；或许是他在推进中遇到某些难度；但，更根本的，应当是他在可以获取更丰硕的诗歌成果之时遽然离世。

　　洛威尔称贾雷尔为"他这一代人最令人心碎的英语诗人"，包含着他对好友诗歌道路的"中断"的

---

① 《那个与众不同的人》中的诗句"没有我"，无意中为这种消隐作出了注解。

最悲痛的心情[1]，在他情真意切的悼文中，在他之前评论贾雷尔的书评中，都将贾雷尔看作他们那一代人中重要的诗人（尽管在私下书信中又有抱怨）。海伦·文德勒在她的文章中，在赞赏贾雷尔时也将他谨慎地标示为"一个独特的人而被人铭记"[2]。而对于另外一些人，如苏珊娜·弗格森、托马斯·特朗维萨诺和亚当·戈普尼克[3]而言，贾雷尔除了是一位杰出的批评家，而且是一位"重要诗人"。他们从贾雷尔的诗中对孤独的敏感、对梦的追寻、对幸福的看重及超越死亡的渴望中感受诗人那种独特的移情、怜悯和震颤；在他们看来，贾雷尔在他相当多的诗中显示了他对世界的感同身受，而在某些时候，这种对世界的仁爱之心与他的技艺结合得完美无缺。对我而言，我同样遗憾《霍亨萨尔茨堡：浪漫主义主题的奇妙变奏》

---

[1] 对于贾雷尔在穿越公路隧道的死亡事件，他的遗孀认为是意外，而包括洛威尔在内的一些友人认为是自杀，由诗人丹尼尔·霍夫曼在他主编的《哈佛指南：当代美国写作》（1979）（中译名为《美国当代文学》）也写道"显然是一次自杀"。

[2] Helen Vendler, "The Complete Poems", in *Critical Essays on Randall Jarrell*, p.40.

[3] 亚当·戈普尼克在他的《两个诗人》（《贾雷尔论奥登》序言）说贾雷尔在生命最后成为一个"重要诗人"："尤其是在《失去的世界》里，他将机智变成了喜剧，让喜剧完成了修辞一度完成的工作。只有当他开始把诗歌变成喜剧而不是诗歌时，他才成为一位重要诗人。"（见 Randall Jarrell, *Randall Jarrell on W. H. Auden*, Columbia University Press, 2005, p.xii.）

或《黑天鹅》或《自动钢琴》这样的风格未得到充分的发展，但我认为，贾雷尔相当多的诗都在水准之上，而以一种严苛的标准，可如同贾雷尔在批评别人的诗经常做的——挑出一些"最好的诗"。因而，我倾向于弗格森的判断："以他最好的作品为代表，与同代人最好的诗歌，甚至与比他更早的那一代杰出的英美诗歌并排阅读，贾雷尔的作品无需道歉。他最好的诗，约二十首或三十多首，因它们主题的普遍性、真实性、诗歌处理的一致性和美而被选择，将在这个世纪的美国诗歌中得到一个高的位置，在一定程度上因为它们那么好地记录了这个世纪的美国生活。"[1] 在贾雷尔这些"最好的诗"中，他如遭雷击[2]如获神助，以致这些诗可以以神奇的魔力"在另一个时代征集毛发"(《美学理论：诗歌作为表达》)——当你在读时毛发竖起：

　　就在现在，在尚未拉开的
　　幕布（其即将揭示

---

[1] Suzanne Ferguson, *The Poetry of Randall Jarrell*, p.234.
[2] 贾雷尔在《反思史蒂文斯》一文中提出鉴定"好诗人"和"伟大诗人"的"雷击论"："一个好诗人，在他站在雷暴中的一生，是被闪电击中五六次的人；如果击中一打或二打，他就是伟大诗人。"(Randall Jarrell, *Poetry and the Age*, New York: Vintage Books, 1953, p. 134.)

坐在椅子上的直系亲属）后面
我辨认出——台外留意台上，
黑色，一项白帽下，最美好者的——
一双眼睛。太幼小而还没了解
看到的东西，淫秽的东西，它们急切地
找寻成年人持有的秘密，那秘密，
被分享着，让你长大成人。
它们不带同情或不具移情地看，
饶有兴致地。

    没有我。

      ——《那个与众不同的人》

选自《华盛顿动物园的女人》

(1960)

华盛顿动物园的女人

来自大使馆的莎丽们①经过我身旁。

来自月球的衣料。来自另一星球的衣料。
她们像美洲豹一样回望美洲豹。
而我……
   我这印布,经过这么多洗涤
仍保留着它的颜色;这沉闷无用的深蓝
我穿着上班,穿着下班,就这样
走上我的床,就这样走近我的坟墓,没有
抱怨,没有意见:我的上司,
副总监助理没有,他的主管也没有——
只是我抱怨……这个耐用的身体
没有阳光染色、没有人手暖和
而隐于圆顶阴影中,在柱子之间凋零,

---

① 莎丽,印度妇女用整块布裹住肩膀和头的服饰。

在喷泉之下波动——细小,遥远,闪耀于
动物的眼中,这些生灵陷于困阱
正如我陷于困境,但又不是,它们自己,是困阱,
在变老,但又不知它们的年龄,
安然地在这儿,不知死亡,因为死亡——
哦,我自己肉体的栅栏,打开,打开!

世界走过我的笼子,而从没看到我。
而没走向我,当走向这些,
这些野性的禽兽,啄食大羊驼谷物的麻雀,
落在熊的面包上的鸽子,撕开被苍蝇
乌云般覆盖的肉的秃鹰……
　　　　　　　　　美洲鹫,
当你扑向狐狸们留下的白鼠时,
摘下你的红头盔,歇落你遮蔽我的
黑翅膀吧,人一样走向我:
白狼们在你足下乞怜,大母狮朝着
你强力之爪呜噜潜行,你这
野性的兄弟……
　　　　　　你了解我的过往,
你明白我的现状:改变我,改变我!

灰姑娘

她想象中的玩伴是一个
着炭黑缎衣的成年人。火焰蓝的目光，
羽翼透明，如遮盖骨灰的
一种旧烬薄膜——如拿一壶苹果酒的
母亲——对她来说是一种安慰。
她们坐在火炉旁，相互讲故事。

"男人想要……"教母[①]话音轻柔——
她怎样讲下去别人难以说清。
她们的眼睛，望着她们的**父亲**，是不朽的大理石。
而后她俩像老妇般笑了，吻着对方，
说，"闲聊，闲聊"；而后，彼此容貌印叠，

[①] 教母：与教父一起，为基督教礼仪中受洗儿童的作保人。教父教母的职务是协助要领洗的成年人开始基督徒生活。

_6

镜子对镜子,喝一杯茶。

一杯红茶牛奶。但有一种真实,
在好姐妹好舞会礼服的
好丝绸下。她知道……她硬胸,眼睛直率,
把丝绸脚挤进玻璃鞋,然后,在
想象的薄纱礼服中站起。害羞的王子
在她的拖鞋那边用香槟向她敬酒

又吸了口气,"迷人!"吸了口气,"我着迷了!"
——她对她的教母说,"男人!"
而后来,俯视中看到她的肉体
从蕾丝下往上回望,新娘婚纱中那
灰色薄雾和搏动的大理石,
她希望这一切是寡妇的炭黑杂草。

一个愠怒的妻子,一个不情愿的母亲,
她整天静坐在火炉旁。
而后,这样更好:凝视她儿子们的儿子们,
她女儿们的女儿们,而对着炉火讲故事。
但最好,死去,该死,永远摇摆
在**地狱**火炉边——火焰中望见

天堂，走向金色薄雾之门的是一个
小巧黝黑的老妇人，上帝之母，
叫道："进来，进来！我儿子现在出去了，
现在出去了，很快回来，也许永远不回，
谁知道，嗯？我们知道他们是什么——男人，男人！
但来吧，在那之前，进来！进来！"

彩虹的尽头

远离伊普斯维奇①的蛤蜊、雾
和沼泽——越橘沼泽,
一个采样器抛在荒凉的海岸上,
那里有一家绿松石色的荒僻的商店,
住着一位画家;一位海陆风景画家。

九点钟,经过簌簌
——睡在门槛上,一只活泼的
侏儒哈巴狗,特别可爱——
南加利福尼亚的太阳
无爱地但似乎深情地流过,
在消瘦的、有颜料点和老年斑的手的
习惯性手势之上。

---

① 伊普斯维奇(Ipswich),美国马萨诸塞州埃塞克斯郡的一个沿海城市,以蛤蜊闻名。

在腕杖那边，最后一个波浪
在钴、绿宝石和普鲁士蓝中
打碎在一道**纯白的**海岸上。

她的长发，一度比最美妙的红色
黑貂豪画笔更红更美妙，被梳理着，直至它
变成银白。那美发师，沉醉于阳光，
已将它洗成一种假蓝。而海景
投射在它上面的所有光线，假海投射
在它上面的光线是蓝的。簌簌
——簌簌自然是黑色的。

五片玻璃板，着上绿色
在沙滩上，现在安置了那只
远眺沼泽、未绘饰的银灰色盐盒的
主人，有时，她写一封信给盒子
——家是死者所在之处——
而拿着它，经过**加州**，
然后把它投在一个标着**合众国**的邮筒。
青蛙王子，沼泽王
从邮筒底瞪着眼珠看她。

他的气息中有白兰地气味。
香蒲在他恳求的
兽眼上方擅抖,蝌蚪们扫过
他的灯芯草胡须——变银白后
会带入坟墓的黑须——在湿风的裂缝或漩涡中
再次沙沙响:"说。
说。说。现在说。再说一遍。"

     她转身
走进灌溉地,它金黄色的
山丘像干草的乳房,
它成片的、高高的棕褐色桉树林,
在它冰雪花的、天竺葵的草坪上方,让
它永恒的水仙花的草甸作为牧场。

黝黑的鬼魂群聚而过,朝她
晃动她们的鬈发——美丽的假鬈发——
对她伸出裸露的手,灼伤的手。
而她——她的脸戴着口罩,她的双手戴着手套,
亮棕色皮革的口罩和手套:
度假胜地天气中一位被冷落的
女士的手;一位多年来被冷落的好女孩的脸。

诸多声音浮起：海豹们在海岩上

叫着，就如以前青蛙们在夜晚的沼泽，在

灯芯草的岛屿呱呱叫。

诸多声音——别人的声音和她的声音

谐调得像乡村小提琴一样单调，像**死神**

在一次方形舞中用树脂擦他的弓——

诸多声音开始响起：……一只蜘蛛一个煎锅，和提神的汽水，

而——奇妙！——西红柿放进杂烩汤。

走慢点。走慢点。你亏欠自己。

小心发动机。你亏欠自己。

不负债也不做债主。

安全好于后悔。

安全好于后悔。告诉你自己。

他们要我的钱还是要我？

一定是钱。

  那刺耳的

声音持续着，随黑暗而模糊：骗

或被骗。自己活

也让别人活。

  我很美妙。我很美妙。我很美妙。

夜的箴言

带着夜的矛盾或结果。

在夜里已足够……每个少女有她自己的

雄人鱼——而她永远孤独地

永远孤独地,离开沼泽诸王。

她对簌簌说:"过来,到你的康藤这边。"

——家族中一个名字

多于七代人可用。而簌簌

——簌簌是簌簌四世。

十二点:她锁住

那扇她画过的门,径直地

走开,而簌簌,之前在她镶有饰物的

皮带上嬉戏,现在在阳光院子里的

一张小桌吃一个

枣椰奶昔和一个鳄梨汉堡。

就这样,糟糕的交往

腐蚀了礼貌……

    小女人们,小男人们,

在何种海岸,粉红沙地的海岸,在何种蔚蓝大海

旁边

你们跋涉，打着瞌睡，一直打着盹
你们中等尺寸的生命！

可怜的水孩子们

呵，夏天傍晚，被阳光送到床上，

穿着你们的睡衣，坐在一个碎呢地毯的小岛，它

似乎是某个**极地**，或**西北通道**，或

在你卧室那隆起的、亮黑**海洋**的**金苹果园**：

最后的阳光照射在那个有

灰玻璃窗、黑屋檐和白老虎窗的房间

地板中间的大理石

直到，没被任何人的手触及，

慢慢地

变快，更快，那红玛瑙

滚进拱起的地板那擦洗过的角落。

那一夜你从床上，寻找它

而它消失了——永远消失，

消失于外边的黑暗中，远离蜡烛那个

温暖又闪烁的半球，其亮着

为你和你的《瑞士家庭罗宾逊》①，那本书

和一只羽绒枕在杳无人迹的

---

① 《瑞士家族罗宾逊》，约翰·大卫·维斯（Johann David Wyss）的小说，于 1812 年首次出版，讲述了一个瑞士家族在前往澳大利亚杰克逊港的途中在东印度群岛遭遇海难的故事。

_14

毛垫上……

簌簌寻找着：午餐最后一件东西。
她从包里拿出一块糖
——狗糖——说："求我吧，先生！"
　　　　　　　　　　　　　簌簌恳求着。
她们亲密地走回家，在牢固
和实在的交往中。她念着：和狗儿在一起
你晓得在哪里；而簌簌油褐色的、
　　　　　　　　　　　油蓝的凝视
——真实的簌簌忠诚的凝视——
念着：和人们在一起，你晓得在哪里。

她消瘦的脚，既不兀突，也不凹入，
在她面前，直直的，像印第安人之足，
而固立于这小径，正当小径的
一条便道；她固执的眼睛的
浅蓝，亚光蓝
或灰色，取决于某个视点——
取决于是从此处还是从新英格兰观察——
所有这些未被注意的，皆难以察觉：
她老得足以让人无视。

打开那扇有钟形花的门,
她再次转向她那新配玻璃框的风景照,
在里面,海边有一棵树。
它曝光过度。

如果你以错误的方式看一个景色
你反而看到了自己。
　　　　　　　——错误的方式?
一刻钟后,我们疲倦了
任何风景,歌德说;八十年了
而他没厌倦歌德。风景拥有,
并以惯常方式丢掉了歌德。

她凝视着沼泽地长着灯芯草
蜻蜓们飞行的裂纹镜子,
而看到——她所寻找的——她自己的脸
在凝视她;但在下面,
暗黑深水中,她以一只海豹更具人性
更不具人性的天使眼睛,冷漠地
目睹了,一只奇怪的
动物,统治着其他王国的某个男巫,

那**沼泽之王**。

　　　　她说:"他是一个——奇怪的① 人。"

而一个以前的朋友,一个女性朋友的

声音应答,如同水晶

回答一把茶匙,一个指甲:

"一个奇怪的人……"但所有人都是,不是吗?

一个男人就像一条雄人鱼。"雄人鱼?"

"雄人鱼是海豹,你知道。他们称之为海豹人②。"

"你是说**被抛弃的雄人鱼**是海豹?"

"你认为是什么,雄人鱼?

而美人鱼都是海牛③。""你样样都懂!"

"你样样不懂!"

　　那大海豹人

恋爱中他的口鼻宽大,对她伸出

他残疾的脚蹼,而一种无法控制的

颤栗贯通她的全身,她笑了,说:

---

① 这里及上下文中的"strange"有"奇怪的、奇特的、奇妙的、陌生的"多种含义。
② 海豹人,苏格兰及爱尔兰民间传说中,有海豹外貌却能化为人形的生物或精灵。
③ 海牛,属食草性水生哺乳动物,长有蹼状前鳍,居中扁平的尾巴,产于美国佛罗里达州、南美洲北部、西非和加勒比海地区沿海温暖的水域。

失落的世界_17

"一只鹅在我墓上行走。
——而**青蛙王子**呢?""哦,我不知道,
如果你问我,青蛙王子是一只青蛙。"

这些天,很少有男人,很少有女人,也没有青蛙
进入"我的小工作室","我的小画料店",
来买画料;画作;小黑狗们,
朝圣石碎片;迷迭香的
香盒果;玛瑙;一种用**补偿**压成的
沼泽紫罗兰——红色山羊皮,印度纸,
用黑墨水写着,"献给我亲爱的女儿";
曾—曾—曾—曾祖父沃特金斯的
微型画,他在塞勒姆被当作男巫
而被压死;一个女性朋友真人大小的复制品,
水晶做成——有伤痕,那装置说:"男人!";
一首框起来的诗,签着贝多斯:她有梦出售。①

她已把她的本金花在梦上。
然而,某种定数② 留给——留给

---

① 源自英国诗人贝多斯(Thomas Lovell Beddoes,1803—1849)的诗《有梦出售》:"如果有梦出售,/你会买什么梦?/有人用路过的一声铃声付钱;/有人用一声轻叹,/它从生命的新冠抖落/只有一片玫瑰花瓣。……"
② 原文为"portion",有"份额;命运;嫁妆;财产"等意。

在马萨诸塞州联邦的

她，被托管到时间的尽头。

但，生命没留给托管？

生命不活着，在托管中？

真的，真的——但只有很少生命在活！

为着生命的天赋，生命的天赋

当然更稀有，比起一次写生课创作的天赋，对

一个按小时计数裸体一小时的女孩的

生命研究的天赋；

对着一只鸡蛋、一个罐子、一个茄子

在画布上相互误解地创作

一幅静物画的天赋；用擦笔、艺术胶和四种硬度的

炭笔表现生命的天赋，生命

向赤裸的女孩、赤裸的蛋、赤裸的

画家低语："我要拿什么来换这只青蛙？"

一个吻？**青蛙王子**，被亲吻，

真的是王子：一个国王、一个丈夫和一个父亲；

就其国家，一个公民；就

其上帝，一个灵魂；

就其——未婚妻，一种

未经估算的、不可估算的风险：一种

她不再垂顾其同样事物的负担;一种
她不再背负的责任,赞美**天堂**!
[掌声]。她微笑着,如同以往,
她低语,如同以往:"男人!"

她看着镜子说:"镜子,
我们所有人和物中,谁最美?"

按镜子的看法,是镜子。

*我很美妙。我很美妙。我很美妙。*那些声音调整着自己
而持续调整着:没有曲调,只调整着。
……而有补偿;有**补偿**。
她读懂它(它,要不是艾迪夫人所著的
《圣经的钥匙》[①])当她如常
在夜中醒来:大地将光线
哄骗到老年人身上,她们无眠。

---

① 《科学与健康:圣经的钥匙》(*Science and Health with Key to the Scriptures*),玛丽·贝克·艾迪(Mary Baker Eddy,1821—1910)的作品,曾被女性全国书协会评选为"女性改变世界的75本书"之一。

她耐心地辨认着：在她阳光、月光、星光

照射的床上方，床头灯照亮她在

它下面酣眠或无眠的

小箴言：**为友着想之友**

乃挚友——哥特体。

通过第一个 H① 的栅栏，你可以看到，一片风景

随男人而男性化，随女人而女性化，

         随狗而狗化，

而受——康藤说——受

《勃艮第公爵豪华时祷书》所影响。

地球的时间

 ——相当丰饶的时间，相当贫乏的时间，

        相当漫长的时间——

经过，而她醒来。

她醒着，有时，她遇到了一个

在水中的朋友；他只是站在水中，沐浴。

他现在刮了脸，闻起来有薄荷味。

他向她伸出手，而手

---

① 前面提及的小口号原文为"HE WHO HAS HIMSELF FOR FRIEND IS BEST BEFRIENDED"，句首字母为"H"。

像长筒靴,像她父亲的防水衣,
一种水芹的花饰:白色的婚妙蕾丝的花朵
带着水滴闪光。在它们清澈的深处
她看到,水孩子,就像许多丘比特:
小女人们,小男人们。
伴随缓慢的吸气声,他把脚从他被困的
地板提起,像一匹混凝土马,
然后,触碰她,耐心地低语
——低语,或风在低语,水在低语:"说。
说。现在说。再说一遍。"

   一种迟缓
又宜人的颤栗沿着她的脊椎奔跑:
她取下她的草帽。
她的头发又变红了,长到可以坐着,
飘向了他——而,缓缓地,
        她向他伸出手,
她那在新洗的白手套中干燥的褐色
皮革般的手,低声说:"**父亲**,
如果你再走近点,我会叫**父亲**。"

他在黑色水滴中融化,变成一个黑暗的小池塘在地板上,在地板上变干,成为簌簌。是簌簌!
她的手伸向草地中一座黑暗的
干枯的小坟墓,伸向她干燥的
冰草的、天竺葵小花束,
并读着:对簌簌一世、二世、
三世、四世爱之记忆。
她说:"那个四错了。
一、二、三没错,但去掉四吧。"

王子死了……柳树
在他坟墓的水芹上摇曳。
　　　　　　　　——他的坟墓?

青蛙王子和一只青蛙结婚,生了小青蛙们,
有时,晚饭后,在他的书房里说:
"从前有个凡人……"而他的康藤
捧着一只讨饭的柚木碗穿过郊区,
一个威奇伍德的牛铃,响着,响着,
叫着:别碰到!别碰到!
　　　　　　　　那些门自己关上
没有任何人手而关上,邮筒们
拉下口边,电视机们

最灵敏的触角收回。
>在她身边，**死神**

或**生命**——消瘦，白色，恒久——

设计了他们的芭蕾双人舞①：这是死神，

为他自己的康藤②准备一幅静物画③；

死神，是走着的簌簌；死神

给遗产受托人多样的

投资组合；死神挖着

彩虹尽头的黄金——拍打着水，

水比血稀薄；拍打着油，

油不会与水混和——不与血混和；

停下，擦干他的头颅，说：错误的尽头。

在马萨诸塞州家中，黄金，红金

在**青蛙王子，公主**，所有的**小王子**之上涌出，

他们用沙桶、小铲子、勺子和保罗·里维尔④设计的

一种小汤碗（后来变旧）挖。他们叫道：

---

① 原文为法语"pas de deux"。
② 这里可以理解为"为他自己的满足"。
③ 指让人死去，如静物般静止。
④ 保罗·里维尔（Paul Revere，1735—1818），美国籍银匠、早期实业家，也是美国独立战争时期的一名爱国者。

"来玩！来玩！"
死神击碎了她
霍皮人①罐子上的冰，冲走那些画笔；
当他把它们递给她，他说：生命是劳作。它是劳作。
在彩虹错误的尽头这儿
告诉自己：彩虹到底是什么？

她凝视镜子，透过彩虹
——自拟的小彩虹，在泪水中——
而听到岁月碎成的声音
当阳光洒向颜色：我。我。我，
那些声音调整着自己。
她说："看看我的生活。我应否继续？
在你看来似乎我有……一种真正的天赋？
我不应继续，如果我只是……
在我的生活看来，这是否成功？"

死神回答，是。好吧，是。

---

① 霍皮人：北美印第安人的一支。

她环顾四周：

叠浪冲击着海岸，

风心不在焉，

翻动百万棵树的叶子。

有多少颜色，从多少管子被耐心

反复地挤出，构成这世界，她将世界

拉得更近，像拉一条拼接的被子，

为了温暖她，这整个温暖、漫长的夏日！

当地的色彩褪去：

她徘徊在这里，视力的边缘，

在黑白中，

而以一个惯常的姿势

转向画架，说着：

"没有我的画，我会是——

　　　　　　　　啊，我会是什么？"

她挣脱所有能让人

遽然惊醒的尘世噩梦，睡着了。

她睡在阳光中，被纷繁之梦

或梦中之梦包围，一切都很好——梦怎能不好

如果它让人入眠？

　　　　　　杳无人迹的风景

流向尚未封印的海洋,没有雄人鱼的海洋,
而她轻柔漂流,像一个玛瑙,漂到睡在
海洋门槛的簌簌那里。
簌簌一世,簌簌二世,簌簌三世
死去了吗?
    簌簌四世永在!

那只小黑狗睡在
绿松石店的门口,可以梦到
自己的旧梦:它睡在
绿松石店的门口。

在那些日子

在那些日子——很久以前——
雪寒冽,夜晚暗黑。
我用开裂的唇,舔了
一片雪花,当我透过树枝

回望最后一场不安的雪。
你的影子,在光线中,静寂无声。
随后灯熄灭。我继续
跌撞而行——直到最后一座山

隐藏了屋子。当我在房间床上,
独自一人,呵欠连连,
我会外望:垫着软物的
屋顶之上,清晰的星星闪耀。

我们那么可怜和悲惨,

难得在一起！
然而这么久之后，会回想：
在那些日子，一切都还好点。

小学场景[①]

在内心回望,我能看到
白色太阳像一只锡盘
在杂草那呆滞的转弯处上方;
街道晃动——一个潮湿的秋千——
孩子们在墙边一直唱歌。

女孩们门边纤弱的草,
被践踏,零落,枯黄而腐败,
而一头母牛被系住的荒野——悲哀
察觉我的生命的死寂大地——
搅动,在时间眼中蜷曲得更深。

楼梯下腐烂的南瓜
用软树条捆绑,而寒冷的灰烬

---

① 诗题"The Elementary Scene",也可理解为《基本场景》。

以其坚定之眼,仍为我保留
鹤和巫婆散发恶臭的外形,
她们的小径斜下,顺着南瓜的天空。

它的星辰穿过霜冻召唤,像村舍
(**大熊座,猎人座**——和那不在家的星的家,
黑暗中激动的孩子挣扎着入眠),
直到我,让一生依偎被褥①,
飘浮在小树枝上,就像它们的梦:

我,我,是修复一切的未来。

---

① 原文为"comforter",也有"安慰者""圣灵"之意。

窗 户

雪中竭力找寻,暗黑的人行道,通往一扇扇
黑暗的关闭的门。那些高屋顶的白房子
在光亮天空的月光中飘浮
仿佛他们沉睡着,床上被褥包围他们。
但在某些处所,灯火仍在燃烧。其他房子的灯。

住在那里的人很少走动,静默无言。
他们的动作是一个缝补的女人、一个拿着报纸
昏昏欲睡的男人的动作,是
一种仪式的部分——已保留一种意义——
我、他们对此一无所知。我从未听过的
他会给我读;我从未见过的
她会给我看。
　　　　　当死去的演员们,在一个下雨的
　　　下午,
在一个变暗的客厅里活动,为了孩子们

观望先于他们存在的世界,
那些在多窗世界的有窗之物
经过我,确实无疑,无缘无故。

当然,这些演员,对今天,对这烦恼的时代,
对我的时代一无所知。对种种烦恼一无所知。
孤僻无言,兴奋健谈,
交替,未眠,一种不变的言辞,
这些人已没在世;冷漠,抬头看着
窗边的我,他们在雪地上走,
安详地向前行进……但愿我是他们!
能在渴望中把那种萦绕我的
宛如幸福的不可能性演示!
在这么多窗中,有一扇一直敞开。

某天早上他们会下楼并找到我。
他们会开始说话,然后无言微笑,
更换盘碟,就座于另一位置,在
一张被寂静之火照耀的桌边。
当我吃完东西,他们说:"你没睡觉。"

而在沙发上,半埋在我的被子中,

我的脸在他们的枕头上，它一直很冰凉，
我会无言地抬头看一只——

它模糊不清，而当我的眼睛闭上
抚过我的脸的是，一只缓慢的被火温暖的手的肉体。

它移动得如此之慢，以至于一动不动。

变　老

我醒来，但在我意识到之前已醒，
白昼，我睡眠。这些年，一种生命
由如此的日子组成。我颔首，认同我的生命。
……但谁能活在这些飞逝的时辰？
为创造一种生活，我需再次找到
一个孩子的周日午后，**快乐驱力**，在那里
一切在逝去，除了时间；找到和着手，
等待着，在桌边度过的**学习时间**。

在那些东西中我能创造。难道我没在它们中
创造我自己？ 这**成年人**——他的时间缩短，
呼吸变快，心搏加速，直到最终
紧攥，跳跃……然而那些似乎无尽、实际无尽的时辰
仍不够长久来重造
我孩子气的心：那颗心，永远、必要

使一切成为一切,不是时间,
不是时间而是——
     而是,唉!永恒。

涅斯托尔·格利

有时醒着,有时入睡,
傍晚时分,或早上
清晨,我在草坪上,在
散步时听到,草坪上,轻柔快捷的脚步,
半是歌、半是呼吸的声响:一两个音符,
那有着一两个音符的东西是一种曲调。
是涅斯托尔·格利。

这是多利安调式的
一个古老片断
或点滴或曲调:整晚站在田野
或眠或醒的马的
调式,寒冷的猎人座
俄里翁的调式,倒着旋转,
所有的空间和星星,在拉拽着对角线的天穹。
此时,在东方某个地方,

伟大的游行开始了,伴以鸟声和寂静;
此时,在白昼的首次凯旋中,拂晓
驰过房子,涅斯托尔·格利
将我的运气派送给我。

当夕阳西下时,我听到我女儿说:
"他走了四条路,并赚了一百美元。"
有时他带着狗来,有时带着孩子们,
有时带着狗和孩子们。
他收款,今天。
我听到我女儿说:
"今天,涅斯托尔戴上了圆顶窄边礼帽①。"
而过了一会儿,他说:"是一百六。"
"怎么可能是一百六?"
"因为这个月有五个星期天:是一百六。"

他收款,派送。在那最微弱的第一颗星
消失于褪色的东方之前;在柔和的、
侧光的、金叶的白昼逗留
以目睹星辰的傍晚时分,男孩涅斯托尔

---

① 原文为"got on his derby",也可戏谑地理解为"跨上了大赛马"。

分送我晨星，晚星

——啊，不，只有早晨《新闻》，晚间《报道》

关于，我做过和我没做过的，其

被记录在纸张泛黄的、有一个

早晨太阳和一个

傍晚太阳的**死亡之书**，以此指控我。

有时我只会梦到他。他带来了消息

关于一个别样的早晨，一个非属人类的审判。

轰炸机们已回到极地上空，

已遇到一颗星……我看着那新的一年

而醒来，想起我们的摩拉维亚星①

还没有点亮，有着纸做又防火的

红色高射炮的纯蜂蜡蜡烛

还没有点亮，我们从爱宴中带回家的

加糖小圆面包，还没吃完，

而孩子们唱的那首歌：哦，晨星——

---

① 摩拉维亚星（Moravian star），一种装饰降临节、圣诞节或主显节的星形饰物，流行于德国（及欧洲其他地方）和美国有摩拉维亚会众的地方。这颗星象征伯利恒的圣诞星和《圣经·新约·启示录》(22：16) 的晨星（其常被解释为基督第二次降临的象征，因而是最后的审判的预示）。

在这个时刻，应和着早晨寂静如露珠的

鼓点涅斯托尔·格利

在草地上向我开进；而那只猫艾尔菲，覆着

麝香牛毛皮，拖着浣熊尾，闪着金叶眼睛，

看着那个报童，不慌不忙

但打着哈欠，伸展腰身，平静地

穿过草坪，走到梯旁，爬上去，开始发出呜噜声。

我让它进来，然后

我走出去，从草丛中捡起涅斯托尔

已折好的纸帽：这三角帽，适合

我们的时代和制度的拿破仑，编织过

篮子，被沐浴过，受过

电击，服过罗芙木碱①……我戴上它

——啊，不，只是展开它。

里面有黎明；我没对任何人

说到——

    那是一两个音符

有一两个音符的东西会——

        没对任何人

---

① 罗芙木碱（Rauwolfia），一种降压药。

说到任何东西:"他派送黎明。"

当我冰冷地躺在
——说谎,既不冰冷也不温暖——
在黑暗中,黑暗没被任何东西照亮,
在坟墓中,坟墓没被任何东西照亮,除了
我们的希望:那希望
不能抵御任何东西,然而纯粹又闪亮
如**大审判**的清晨
那最微弱的、消失在东方的第一颗星——
是否我可以说,在辨认那脚步声
或曲调或气息时……
            在辨认那气息时,
是否我可以说:"这是涅斯托尔·格利。"

詹姆斯敦 ①

在我死之前,让我看看我过去的模样。
奇怪,幼儿园照片那个人
是戴轮状皱领的船长,是一个金星人
——这里难道没有美国人?
约翰·史密斯被压扁
在波卡洪塔斯②的胸下:某个真正的基督徒,
雕刻了一切,让船长成为男子汉,
让这少女成为最撩人的蝾螈。
我们所有人的母亲,在林中遇见这红色恶魔,
含情地躺在我们
父亲的护胸甲上:詹姆斯敦的
第一家庭在石斧下颤抖

---

① 詹姆斯敦(Jamestown),1607年英国殖民者约翰·史密斯(John Smith,1580—1631)等人在北美建立的第一个英属殖民地。
② 波卡洪塔斯(Pocahontas,约 1595—1617),美洲印第安酋长波瓦坦(Powhatan)之女。

——而后波瓦坦,微笑着,给这对夫妇祝福

而小仙女们和萨提尔们①在他们的婚礼上踩着舞步。

一个个大陆,如乡野孩子,敬畏地窥视

当**伟力**,金黄如委罗内塞②的画,

将财富撒在这对爱人身上:**自然**,

自然最终嫁给了一个男人。

后来两人永远幸福地

生活……而唯有我一人逃脱

来讲述这故事③。但我该如何讲述这故事?

定居者死了?所有定居者都死了。殖民地

是一个**丢失的殖民地**?所有的殖民地都丢失了。

约翰·史密斯和波卡洪塔斯,在一棵树刻下

为更多的人我们已回返,跨越了海洋

并被处死,因叛国罪,在

伦敦塔中?啊,但他们无求于任何人!

---

① 萨提尔(Satyr),希腊神话中的半人半兽。
② 意大利文艺复兴时期画家委罗内塞的作品充满戏剧效果,常用一群穿着华丽的人物重现宗教和世俗事件。
③ 见《圣经·旧约·约伯记》(1:15、19):"示巴人忽然闯来,把牲畜掳去,并用刀杀了仆人;唯有我一人逃脱,来报信给你。""不料有狂风从旷野刮来,击打房屋的四角,房屋倒塌在少年人身上,他们就都死了;唯有我一人逃脱,来报信给你。"

波瓦坦,
对着那个红女巫,红幽灵,他的女儿,对
我们所有人的父亲约翰·史密斯微笑,说:
"美国人,
对你自己已足够!……"他足够——
足够了,或者太过了。詹姆斯敦殖民地的
真实历史是一个愿望。

很久以前,几百年前,一个男人
在树林里遇到一个女人,一个女巫。
女巫说,"许愿吧!"
男人说,"让我成为我。"
女巫说,"再许愿吧!"
男人说,"让我成为我。"
女巫说,"最后一次,许愿!"
男人说,"让我成为我。"
女巫说:"凡人,因为你已相信
你必死的命运,所以没有树林,没有愿望,
没有世界,只有你。但你是什么?
世界已变成你。但你是什么?
恳求吧;
恳求吧,当恳求的时间还在你身上。"

女巫说着,微笑:"这是詹姆斯敦。从弗吉尼亚州的詹姆斯敦,到华盛顿特区,就像火箭飞行,十一分钟。"

孤独的男人

一只猫坐在那座房子旁的人行道上。
它允许别人触摸自己,而后溜掉。
一个戴头巾的女孩走过;冬日中午的
长影拉长。那猫灰色皮毛,
它坐在那儿。它整天在那儿,每天。

一只牧羊犬在我的怀抱:它是
一条狗,因此,与人亲密无间。
它和一对猫住在牧师家。
柔软的半波斯种猫悄悄贴近我;
室内,又老又白的那只盲目观望。

多么寒冷!一些雪从屋顶滑下
当一只松鼠从那儿,跳到一个松鼠保护
饲喂点;两码远的地方,
一只肥胖的西班牙猎犬朝着我喷气

它不信任的皱眉令我警觉。

它操心它的场地:经过那里,是我的事
如果我把地球停在其轨道——它的职责就完成。
而那只猫和柯利牧羊犬担心老人;
当她也出去,它们来了,这么不确定……
这是我的街区;我了解它们,就像它们了解我。

至于其他人,他们每天醒来并喂饱
这些动物,照料着那些房子,骑车
去工作——我不了解他们,他们不了解我。
我们是友是敌?啊,谁能说?
我们有时彼此点头,人性地,

或者用一种近乎动物的对信仰的
渴望的残余,去寻找对方的脸……
只坐在那儿的那只灰猫:肯定在学习
成为人;很快会找到,一只"前猫"
在一个好公司某种特别的开始。

一个幽灵,一个真正的幽灵

我想起了那首歌中的老妇人
她没有裙子就不认识自己——
她睡在阶梯边他们剪掉了它。
她的狗跃向那些奇怪的腿
吠叫着,直到她从门口缓缓转身
而离开——我从没问他们她去了哪儿。

孩子在世界中充满希望,又不幸福,
世界的未来是他的资源:她一直走着
直到裙子长出,清理她的头和狗——
我当然这么想,当我笑着。如果裙子不长,
如果真的这样,那你不知道
你能做什么,啊,有什么你能做的?

我现在知道她哪儿也没去;去
在田野赤裸的夜中等待,低语:

"我会坐下,而希望永远不会这样。"

我看见她坐在地上祈望,

风像狗一般扑向她的腿,

而她一直想着:"这全是一个梦。

谁会剪掉一个可怜老太婆的裙子?

这也很好。不,不是这样:

没人会这样感觉,真的。"然而,有人可能会。

一个幽灵必定会;而她,也许是个幽灵。

第一个夜晚,我凝视镜子

而看到房间空空,我不能相信

持续存活在这样的痛苦中

是可能的:我存活过。

那个老妇人死了?那有什么关系?

——我死了?一个幽灵,一个真正的幽灵

无须去死:它是什么,除了是

一个没有进入宇宙的生灵?

这宇宙,它还未努力忘记。

陨　石

星星，在石头中端详这么久
而从它们，半铁半土的它们中挑选出
一块；弯身并把它放到她唇边
对它吹气，直到它最后
犹豫地燃烧，在星辰，即它的姊妹们中——
仍对我吹气吧，星星，姊妹。

查尔斯·道奇森①之歌

乐队演奏的是《伊多门内奥》②：
　一个孩子的幸福
拿着司汤达③的书，和皇后欧仁妮④
　坐在他那肥胖的膝盖上。

克拉克·麦克斯韦的恶魔着魔了⑤；

---

① 查尔斯·道奇森（Charles Lutwidge Dodgson，1722—1795），英国作家、数学家、逻辑学家，笔名刘易斯·卡罗尔，以《爱丽丝梦游仙境》与其续集《爱丽丝镜中奇遇》而闻名于世。
② 《伊多门内奥》(*Idomeneo*)，莫扎特（1756—1791）歌剧。伊多门内奥为希腊神话中的克里特王、米诺斯之孙、丢卡利翁之子，曾率领战舰参加特洛伊战争。他英勇善战，在回国途中遇上暴风雨，他因此向波塞冬许愿，一定把他登陆后遇见的第一个生物作为祭品奉献。结果回国时最先碰到的却是他的儿子，他只得忍痛杀子祭神。
③ 司汤达（Stendhal，1783—1842），法国小说家。
④ 皇后欧仁妮（Empress Eugenie，1826—1920），法国皇帝拿破仑三世的妻子。
⑤ 克拉克·麦克斯韦（James Clerk Maxwell，1831—1879），物理学家，他在电学、热力学、光学、核能等方面都有建树。这里涉及麦克斯韦提出的一个思想实验（后世称"麦克斯韦的恶魔"）：隔板将绝缘盒子分隔为两个相等的空间 A 和 B，处在中间的恶魔，让运动快的分子（热分子）进入 A，而运动慢的分子（冷分子）进入 B，这样 A 的温度高 B 的温度低，从而违反热力学第二定律。

  他静候了大半生
而从来没有移动过一个分子。
  密尔①,被边沁②寂静的面容

——它是蜡做的——所萦绕,
  读华兹华斯的书,最终会落泪。
我追寻着爱,发现其在女孩的手套中:
  外面什么也没有,你明白。"那只鸟死了,父亲",

  达尔文的儿子说。沮丧地
  这父亲折断他的长矛,深深凝视
事物的**成因**:但它只是
  一头沉睡的河马。

---

① 约翰·斯图尔特·密尔(John Stuart Mill,1806—1873),英国古典自由主义哲学家、政治理论家、经济学家。边沁后功利主义最重要的代表之一。
② 杰里米·边沁(Jeremy Bentham,1748—1832),英国功利主义哲学家、法理学家、经济学家和社会改革者。

经由弗洛伊德的德语

我相信我至爱的国度是德语。

我漫游于一种平静的民间色彩的迷乱;
那婴孩从他母亲的怀抱俯视我
然后说——哦,上帝知道他在说什么!
是儿语吗? 他病了? 要不,是德语?
那个夜莺合唱团①:它用德语唱?
哟,哟:这里家鼠,老鼠,桌子,椅子,
祖母,孩子,天上的上帝,②
所有的,所有的,除了我——
  所有的,所有的,除了我——
      都讲德语。

---

① 原文为德语 "Nachtigallenchor"。
② 原文为德语 "Grossmütter, Kinder, der Herrgott im Himmel"。

在夜晚，在炉火旁，有时你也

希望你是——不管你以往是什么？

只有无知才迷人。

对我来说比世间一切珍宝更珍贵的

是某个活物，老侏儒怪说

然后单足跳回家。烧炭的人们听见他唱歌

而后全搞砸了……全因——

但愿他不知道他的名字！①

在德语中我不知道我的名字。

      我是精灵们

一天早晨留下在我的位置的那块木头②。

——在德语中，我相信他们，相信每一件事情：

世界就是实存的一切。③

人们多聪明！我目瞪口呆看着

当康德在朝霞中④沿着道路踉跄而走

哼着我很惊惶，很惊惶，我的宝贝⑤——

―――――――

① 出自《格林童话》中的《侏儒怪》故事：侏儒怪在围着篝火时唱歌时，道出自己的名字，以致被王后派来的人知道了。
② 根据西方民间传说，精灵会偷偷进入人的住处，以某些东西调包人类的孩子。这里的"木头"喻指笨笨的人。
③ 语出维特根斯坦《逻辑哲学》。
④ 原文为德语"im Morgenrot"。
⑤ 原文为德语"Mir ist so bang, so bang, mein Schatz"。

所有女水怪都靠他对表，①

快了两个小时……

                我想，我的日历

快了两个世纪，信任地叹了口气。

我向世界伸出手并问

价格；它回答，你手指一碰即知。

在我的整个德国，没有**社会**②

除了一个，在**一只猫**③和**一只老鼠**之间④。

生意是什么？茶匙是什么？人行道是什么？

沉默，我的灵魂！⑤ 如此之物不适宜汝。

人学德语，依靠**信任，爱，**

和不用**一本字典**⑥来阅读里尔克。

词⑦涌入他受祝福的脑袋

熠熠发光如上帝伸出之手

而意义非凡——它是什么意思？啊，好吧，这是

---

① 哲学家康德生活非常有规律，总是在某一时间做某一件事（如散步），因此所在小城的人们通过他来对表。
② 原文为德语"Gesellschaft"。
③ 原文为德语"eine Katze"。
④ 原文为德语"ein Maus"。
⑤ 原文为德语"Schweig stille , meine Seele"。
⑥ 原文为德语"ein Wörterbuch"。
⑦ 原文为"The Word"，有"道"之意。

德语。

信念，我的心①！**晦暗**中的一种**感觉**

带来诸多世界，带来诸多词语②——它们，

冷眼的**工业**和所有学校的晦暗**学问**从未了解。

然而，这有时很难，我不会否认。

以我自己最喜欢的守护精灵，亲爱友善

伟大的歌德为例：啊，好个德国人！

很地道，很高贵；很像一个西比尔③。

我最喜欢的风格是利奥波德·封·李赫诺④的风格。

我已记住他的那里，那里，那里，那里⑤。

而当**生命**黑暗**死亡**黑暗时，这般低语。

会有人知道如何对我们——

陌生地方可怜的孩子们⑥说话。

---

① 原文为德语"Glaube，mein Herz"。
② 这一行巧妙运用"worlds"和"words"的形似，从而将"world"和"word"联系起来。
③ 西比尔（Sibil），古希腊女预言家。
④ 利奥波德·封·李赫诺（Leupold von Lerchenau），《玫瑰骑士》中欧克斯·封·李赫诺（Ochs von Lerchenau）男爵的私生子，在整部歌剧中被称为他的贴身仆人，并未有发言。
⑤ 原文为德语"da und da und da und da"。这是《玫瑰骑士》中欧克斯·封·李赫诺男爵的台词。
⑥ 原文为德语"Kinder"。

还有海涅！在九十六岁时我梦见①

我作为诗人叹息，但酒窝却像学生②。

但——如果它很简单，它还是德语吗？

然而，美丽的菩提树

在月光中③！如果在席尔达④它会怎样？

这是月光，不是吗？嘴，月亮，她们，⑤和密谋者们

绕着我脑袋唱歌，在时间⑥和永恒⑦中，

而我的心在每次关心⑧，每次焦虑⑨变轻：

我很了解它们。而命运⑩！啊⑪，你们，命运女神，

每当我朗读我听到你们的——"剪刀"这个词该怎么说？⑫

---

① 原文为德语"mir träummte"。
② 原文为德语"ein Schuler"。
③ 原文为德语"wunderschöne Lindenbaum/Im Mondenscheine"。
④ 席尔达（Schilda）：德国勃兰登堡州的一个市镇。
⑤ 原文为德语"Mund, Mond, Herz"。
⑥ 原文为德语"Zeit"。
⑦ 原文为德语"Ewigkeit"。
⑧ 原文为德语"Sorge"。
⑨ 原文为德语"Angst"。
⑩ 原文为德语"Schicksal"。
⑪ 原文为德语"Ach"。
⑫ 命运女神的剪刀对着某人的命运线一剪，人的生命即告终。

而猫①有爪子②——为什么我不能称某人为孩子③？

好一种**诗歌**（尤其是**民间诗歌**）措辞！

然而，当，在我的梦中，一个黑褐肤色的女巫，④
（她在内卡河⑤边割草，在莱茵河畔收获）
用她的手指拨弄我的黄鬈发，
她只问我：肥皂是什么？
我不知道。一个手提箱呢？我不知道。一次来访呢？
我笑得很开心，试着像莱曼⑥那样说
"琨琨，是一次来访！"⑦

       啊，德语！
直到我死的那天，我都会爱上德语
 ——但愿我不学德语……我能听到我心碎的

---

① 原文为德语"Katzen"。
② 原文为德语"Tatzen"（爪子），与前面的"Katzen"（猫）押韵。
③ 原文为德语"Kind"。
④ 原文为德语"eine schwartzbraune Hexe"。
⑤ 内卡河（Neckar），德国西南部的河流。
⑥ 洛特·莱曼（Lotte Lehmann，1888—1976），德国女高音歌唱家，曾在《玫瑰骑士》中饰演元帅夫人。
⑦ 原文为德语"Ouin-quin, es ist ein Besuch"。这是《玫瑰骑士》中元帅夫人对奥克塔维安的台词。"琨琨"（Ouin-quin）为元帅夫人对奥克塔维安的昵称，意为"小小孩"。

_58

声音向医生①嘀咕:"我——sterber?"②

他同情地回答:"不——是 sterbe。"

如果上帝让我选择——但我从莱辛那里偷来这个——

在德语和学习德语之间,我会说:德语留给你!

一想到通晓德语,我顿感恐惧。

——但当然,这样的话,没人能学会德语?

然而……

    这很困难;这不可能?

我希望它这样,但我不能

肯定地说:德语我不太懂。

---

① 原文为德语"der Arzt"。
② 原文为德语"Ich—sterber"。诗中的说话人想说"我——会死",但它的动词变位错了,所以后文医生的"不,是 sterbe"("Nein—sterbe")是在纠正他的语法错误。

女孩梦见她是吉赛尔[①]

谷物的胡须,灰绿色:长矛
颤抖。我抬头凝视露水。
来自她的白色院子——女巫——
黑女王,身上露珠闪烁,

向我飘浮。一只旅行的
翅膀绑扎一只劳作的翅膀
她跌撞扑来,斜斜地,落在
谷物旁边光秃的坟墓上。

而我沉睡,蜷缩在我的寒洞里……
她的魔杖抖动,像鼻孔颤动:
坟墓的灰色面纱

[①] 吉赛尔(Giselle),浪漫主义芭蕾舞剧的代表作《吉赛尔》(剧本为诗人泰奥菲勒·戈蒂埃等人所作,音乐为法国作曲家阿道夫·亚当所作,让·科拉利等人编导)的人物。

揉皱,我的四肢紧锁,倒转,

开启我,带动关节,朝着
白火中舔向我的闪光
而,**记忆**尖锐,飕飕而过
直至我肢体攫住。生命,生命!我起舞。

斯芬克斯给俄狄浦斯的谜[1]

不猜到会更好:那些结局,是什么,
但在同伴中,不情愿地,
被这**长着女胸狮爪之物**缠住。

用自己双臂紧抱母亲,
用自己的手杀死父亲
——**跛足之人**,这难道不孤独?

先知注定会先见;而理解就是
用自己的手挖出自己的眼。
但说吧:何物有女胸,有狮爪?

---

[1] 据学者斯蒂芬·伯特分析:"这里的'俄狄浦斯'是弗洛伊德,他是俄狄浦斯情结的'发现者',是死亡驱动力的发现者,也是(在这首诗中)自我疏离感的发现者。"(见 Suzanne Ferguson, *The Poetry of Randall Jarrell*, Louisiana: Louisiana State University Press, 1971, p.106.)

正午时分,你站在市集中

在你的生命面前:明白就是已说出。①

——但,**瞎眼之人**,明白就是孤独。

---

① 这里及下文的"明白"("to see"),均兼有"see"的"明白""看到"两意。

哲罗姆①

每日带来它的蟾蜍,每夜带来它的龙。
圣希罗尼穆斯——他的狮子在动物园——
聆听着,聆听着。在那漫长的、柔和的夏日
纷梦整天惊吓他的沙发,深疮似锅。
当太阳落下,最后一个病人起身,
对他说,**父亲**;颤抖着,离开。

常常,那圣人,对着狮子说,**孩子**。
圣人对人说话——但人已离开。
在一块格拉迪瓦②饰板下,薄暮时,

---

① 哲罗姆(Jerome,347—420),也译"圣杰罗姆",也即下文的"圣希罗尼穆斯",基督教历史的标志性人物,其最大的成就,是从希伯来语和希腊语原本译出了拉丁文的《圣经》(后来各民族语言的《圣经》都以此为原本译出)。他被尊为西方基督教会的四大教父之一。据记载,他隐居于沙漠中,曾为狮子拔爪刺,结果狮子成了他朋友。
② 《格拉迪瓦》,出土于古罗马废墟的一块浮雕板,上面是一个行走的女人。德国作家詹森由此得到灵感写下小说《格拉迪瓦》,弗洛伊德曾借助詹森的小说展开详尽的精神分析(见《詹森的〈格拉迪瓦〉中的幻觉与梦》一文)。

这老人煮了个鸡蛋。他吃了之后
听了一会儿。病人们没逗留。
午夜时分,他躺在病人们躺着的地方。

整个晚上,这老人对黑夜低语。
它均匀地听。它的前腿那带甲的
大爪子沉思中放在一起,
它想:**自我**在哪里,**本我**就在那里。
世界与它角力,又化为它,
许久后又转化它。当老人

说着那龙倾听着,黎明时:我看到了
——有个老人赤身裸体,在沙漠中,在悬崖边。
在蝎子、蟾蜍和这些沙漠野兽中
他摆出他的书、帽子、墨水、剪刀。
我躺在他身边——我是一头狮子。
他跪着聆听。他的左手拿着

他用以捶胸之石,而
他的右手握着笔,把天使
(那个他仰视他的脸的
天使)的话语,写进他的书中。

但天使没有说。他凝视黑夜的
脸,黑夜说着——但黑夜已离去。

他睡了一觉……早晨,人的肉体年轻
而人的灵魂感激它一无所知,
空气被洗过,闻起来有煮咖啡的味道,
而阳光闪亮。老人平静地走向
食品店;走着,在树叶下,在光线中,
走向一只山猫,一头豹——他已来到:

那人递给狮子一块肝脏,
而狮子用舌头舔着那人的手。

多纳泰罗的青铜大卫像

右手握着一把剑，左手有一块石头，
他裸体无衣。穿鞋而裸体。戴帽而裸体。
他绕着叶冠、溢着青铜的软帽丝带
垂下缨穗；卷成褶边的皱褶，
发着颤音，优雅，它们分开于
在肩膀上分开的
鬈发之中。
　　　　　轻盈，似乎已习惯，
放松，似乎冷漠寡淡，
男孩优雅地握着
那块被手指莫名形塑的石头，
那把剑，莫名地，异在于手。
　　　　　　　　　男孩大卫
说到它："没有什么像这样的。"
　　　　　　　　　男孩大卫的
身体新鲜，闪亮，仍未为手所触，

以精确的无耻略略鼓出

他的肚子。细小,亲近,得意,

凝视追溯的一个迷宫,

肋骨架、肚脐、乳头是一张脸的特征,

像淫妇美杜莎的脸那样吸引我们——

一张如生殖器而又无性的脸。

哪种性别占了上风?

嘴唇分成为丘比特弓形①,下巴不迷人的浅窝

收紧着,略带油质,接收吧,利用吧,留意吧:

这圆润的身体,有着太大的头,以自身

为中心自我凝集,这绿色的水果

而今永远碧绿,令人不快

又生效的优雅微妙地吸引着,给予着,

在世界与它自身之间,是一条闪亮的

界定线,分界线。

这身体映照自身。

　　　　　　　　在腋窝转换为胸部、又

返回之处,辟出一条大的鱼尾纹。

然而有谁会如此划开

这光滑的肉体?这熔铸出的、被锉光的、闪亮的

---

① 西方文学中,常把上下嘴唇弯曲的弧度形容成为"丘比特弓形"。

肉体？

多条折线叠合着：这些是肉的皱褶,
当刀收起，它们会拢合。

右脚稳固，在一只翅膀上。左腿轻松回曲
于柔软的膝盖——几个脚趾略弯,
胜利地抓住它们所立的岩块——
滑向左足所置的
一个头。这头的另一只翅膀（头有胡须,
有翅膀，戴头盔，无躯体）伸出,
像天鹅翅膀从腿中长出；
这只腿着衣，如天鹅少女的衣装。
这只翅膀，几乎伸向孩子
浑圆的小臀。僵死的翅膀温暖了腿,
僵死的翅膀，在足下被紧压，是天鹅的绒羽。
巨人的头，枕在岩石上,
在大卫足下。

那个头在失败中强大，死亡中获取回报,
梦见摧毁它的东西
而不受它的毁灭所影响。
那块石落在额上,《圣经》说；

额上无石头。那个头以盔防护
或，没有防护，仍然完美。
长得高大，活得长久，膂强威武，
那个头歪倒下。
　　　　　新的光线投落，
仿佛温柔地，落在那张脸上——
一瞬间它的质料转化了，如一头动物，
而沉下，畸形，进入睡眠：哥利亚①
满意地、轻轻地打起鼾声。
对于如此雄强之力，被它压倒的那些人
宛如女孩，而死亡像女孩走向它，
穿过柔和的空气，走向它，像鸟儿——
因而这男孩像女孩，像鸟儿
立于其啄死之物上。

这男孩悠闲站立，他的手放在臀上：
真实的胜利。一个**胜利**
天使的，几乎，漠然的，
一个被派遣的天使，没有信息，而有这种凯旋，

---

① 哥利亚（Goliath），《圣经·旧约》中令人畏惧的非利士巨人的名字，为少年大卫的弹弓投出的石击杀。

而此刻,在他的凯旋中,显得孤单,
他低头看那个头,却一无所见。

在这个头上
如在塔尖上,男孩大卫舞蹈着,
舞蹈着,而被提升。
　　　　　　　　那些跌落者被祝福,
失败被祝福,睡眠被祝福,死亡被祝福。

选自《失落的世界》

(1965)

第二天

从"心仪"走到"乐怡",从"乐怡"走到"全佳"①,

我拿了一盒

把它添加到我的野生稻米、我的考尼什鸡之中。

这被马虎应付的、或被故意少给的、被放进篮中的、同样

采食为生的群体

是我忽略的诸多自我。智慧,威廉·詹姆斯②说,

是学会忽略什么。如果这是智慧

那我是智慧的。

然而,不知怎么地,当我从这些货架买下

---

① Cheer("心仪")、Joy("乐怡")、All("全佳"),均为20世纪60年代美国流行于市面的洗涤剂品牌。
② 威廉·詹姆斯(William James,1842—1910),美国实用主义哲学家、心理学家。"智慧就是学会忽略什么"是他的名句。

"全佳"
而那男孩把它拿到我的旅行车，
即使我闭上眼睛
我的现状也会困扰我。

当我年轻、痛苦、美丽
和贫穷时，我想要
所有女孩都想要的东西：一个丈夫、
一座房子和孩子们。现在我老了，我的愿望
是女人气的：即
那个把杂货放进我的车里的男孩

看到我。他对我视而不见，这让我
困惑。这么多年
我已美好得可吞食：世界看着我，
它的嘴吞着水。多么经常，它们剥下我的衣服，
那些陌生人的眼睛！
并把他们的肉体放在我的肉体中，把他们卑鄙的想象

放在我的想象中，
我也已接受

生命的机会。现在那男孩拍着我的狗
而我们开始回家。现在我很好。
那最后的被误解的、
狂喜的、意外的极乐,那盲目的

幸福,胀裂了,在手掌上留下
一些肥皂和水——
那是很久以前的事,在某个**快乐的
二十年代,九十年代**①,我不知道……今天我思念
我那上学中的可爱的
女儿,我那上学中的儿子们。

我的丈夫在工作——我思盼他们。
这条狗,那个女佣,
和我过着一成不变的日子
在家里,在他们中。当我看着我的生活,
我只害怕
它会改变,当我正改变着:

---

① "快乐九十年代"(Gay Nineties)是一个怀旧词,指的是美国 19 世纪 90 年代的 10 年。这种说法在 1920 年代在美国开始使用。诗中的"快乐的 / 二十年代"可能是附带而来的措辞。贾雷尔在另一首诗《想起失落的世界》中也用到它们。

我害怕,今天早晨,我害怕我的脸。
它从后视镜,以我讨厌的眼睛,
我讨厌的微笑
看着我。灰色发现那
普通的、有皱纹的外表
对我念着:"你老了。"我老了,这就是一切。

而我还是害怕,正如我在昨天
我参加的葬礼上。
我朋友那张冰冷的人造的脸,花丛中的花岗岩,
她赤裸的、动过手术的、穿着衣服的身体
是我的脸和身体。
当我想到她时,我听到她告诉我

我看上去多么年轻;我与众不同;
我想到了我拥有的一切。但
实际上没人与众不同,
任何人都一无所有,我是任何人,
我站在我的坟墓旁
困惑于我的生活,它如此平凡又孤寂。

仿声鸟 ①

看那一边，太阳正在下山，
看另一边，月亮正在升起。
麻雀的影子比草坪还长。
蝙蝠们吱吱："黑夜在这里"；鸟儿们喳喳："白天不见了。"
在柳树最高的枝头，仿声鸟独占了
日日夜夜，吱吱，喳喳，翱翔，
它在模仿生命。

整整一天仿声鸟已拥有了院子。
当光首先唤醒世界，麻雀成群结队地
踏足于多籽的草坪：仿声鸟
厉叫着追捕它们。一个个小时，艰苦鏖战

---

① 仿声鸟（mockingbird），又译"反舌鸟""嘲鸫""嘲鸟"，一种产于北美南部的鸟，善于模仿其他鸟的叫声。这首诗来自作者的儿童故事《蝙蝠诗人》。

为了让这世界成为它自己的,它猛扑向
画眉、鸫鸟、松鸡和雏鸡——
中午,它赶走了一只大黑猫。

此刻,在月光下,它坐在这里唱歌。
一只画眉在唱歌,然后是一个鸫鸟,然后是一只
松鸡——
然后,突然,一只猫开始喵喵叫。
仿声鸟能像任何东西发声。
它那么好地模仿它
赶走的世界,以至于有一会儿,在月光下,难辨
哪一个是仿声鸟?哪一个是世界?

在蒙特西托

在圣巴巴拉①的时尚郊区,
蒙特西托,午夜时分,一声长着乳房的尖叫
造访了我。当它悬在那里,在
一直适温的甜美空气中,承诺
拆除它的承包商,剥掉
嘴唇,放出乳房中的空气。
      即便在蒙特西托
人们也消失无影。格林尼·塔利亚费罗,
穿着白色紧身衣,她的好身材几乎结实,
她原有的椒盐色头发被理发师弄得
无影无踪,又染成银灰——格林尼丢下了她的
宾利②。
他们扔掉了她的电动牙刷,别人把钥匙

---

① 圣巴巴拉(Santa Barbara),美国加利福尼亚州西南海岸城市。
② 宾利(Bentley),宾利汽车公司生产的名贵汽车。

插入她在克罗克-盎格鲁银行
保险箱里的锁;她在板球比赛中的座位
被不像她的美臀那样怡人的屁股温暖。
格林尼的紧身褡空荡荡。
      一声尖叫悬在深夜中:
他们剥掉嘴唇,放出乳房中的空气,
而格林尼已进入环蒙特西托的
大蒙特西托区,像一声尖叫的余音。

失落的世界 ①

1. 孩子们的武器

在我回家的路上，我经过一个摄影师，他
在汽车保险杠上的平台，
而车内，一个喜剧演员晃动着，前冲着，
工作着；在一个白色片场，我看到一个明星
在鼓风机呼啸的狂风中，跌跌撞撞
走到她的雪屋。在梅尔罗斯②一只恐龙
还有翼龙，带着它们纸浆般的
苍白微笑，俯视着
《失落的世界》③的围栏。

       自语着这个传奇

---

① 这组诗采取了三行诗节的尾韵（aba，bcb，cdc...），中译未跟从。
② 指位于好莱坞西南部的梅尔罗斯大道。
③ 电影《失落的世界》取材于英国著名作家阿瑟·柯南·道尔的同名经典小说。作为20世纪20年代的一部默片，该片特效令人震撼。

这些呼叫——完成作业之后，我开始了
我真正的生活：我的军械库，我的工作室
打开，以虚构的全能
我戴上老爹为我切割和焊接的
头盔和胸甲。这里，有我剪开
海狸皮并涂上油漆的盾；这里，上面是
只有奥德修斯才能使用的弓，还有
十一支朱红色的鹅毛箭。
(第十二支在战场折断，在
扁豆和土豆中搜索时，我
踩到了它。)一些干草，一根枯藤
是我的长矛。衣柜上的刀，是
我的飞刀；未上漆的小型双翼飞机
无轮——通常由人手助力，
已从床单起飞，着陆于床单——是我的
斯巴德双翼机。

    哦，死亡名单，误解着、
嘲笑着、编造着它所列出的新的、生动的
荒野的爱人们！在无物生长而
我们所有朋友在那儿成长的年龄沙滩，它
竖起几片标记"这是绿树林"的枯叶——
哦，武器，为了一个孩子的战争，武装了那孩子！

然而它们是美好的,如果有东西美好,

反抗他的敌人……在世界底部

穿越整个海洋,在那里,**童年**

与阿基里斯①,还有皮塔马坎②,那个

白种黑脚人坐在荒岛上;在

暗黑的礼堂,我轻松自在,

观看那些披着毛皮的人(高年级学长

每个春季的戏目)驯服他们的野兽,

建造树屋。在他们的水果、在他们的

椰子上方闲聊,享用庄严的盛宴。

那个家仆,现在是他们宽宏的

主人,公正地管理他们。大自然的牧师们,

他们在**自然**的祭坛敬拜;当怀着得体的

情感,令人钦佩的克莱顿③

吻一个像大温蒂的女孩,我们所有人

---

① 阿基里斯(Achilles,也译为"阿喀琉斯"),古希腊史诗《伊利亚特》中最英勇的英雄。
② 皮塔马坎(Pitamakan):美洲黑脚族英勇过人的女战士。今天,美国蒙大拿州国家冰川公园的皮塔马坎湖就以她命名。
③ 《令人羡慕的克莱顿》,苏格兰剧作家巴利(J. M. Barrie)1902 年的舞台喜剧,讲述一个贵族家庭及其家庭用人(克莱顿等人)的故事。他们出海后遭受海难流落荒岛,原来的社会秩序颠倒了:管家克莱顿由于能干而掌权,他原来的主人成为他的仆人。他们在岛上过得非常愉快,后来坐上一艘路过的船回到原来的社会。

在我们座位上扭动或端坐……受困者获救了，
当他们发现了一艘英国帆船，就
从他们的伊甸园逃到尘世：真正的世界，
在那里仆人是仆人，主人是主人，而
没人宽宏。那些灯继续亮着
然后我们离开了，我们的水果，我们的毛皮被掠走——
孩子们管理的那个岛无影无踪。

这个岛对我唱歌：相信吧！相信吧！
难道我不认识一个有只狮子的女人？
每天傍晚，当太阳下沉，难道我没悲伤地
把我的树屋留予现实？对于我
那里没有我不信之物。我
安宁地在我的武器中，坐在我的树中
感觉着：周五晚上，然后是周六，然后是周日！

我正梦见一匹狼，当妈妈把我叫醒，
还有一个高个子女孩，她——外面天已灰，
我不记得了，我跳起来穿上衣服。
我们在亮着灯的厨房吃饭。对我来说
是玩耍，对他们是习惯。幸福

是一种安静的存在,令人屏息而又熟悉:
我的祖父和我犹如同体坐在那里,
当**日落巴士**,被日出时的薰衣草
和玫瑰点亮,把我们带到那个回音飘荡的
幽暗洞穴,在那里,老爹①,一个工人,
为我们的生存而工作。因为他管一个标识,
在他短短的方手中有支短短的方铅笔,
我对着一张大铜片,发表某种
他听不到的评论。在那坚硬的迷宫——
成年人生活的那片土地——工作的世界,
他测量,剪断,接焊;而我站立着,
空着手,望着他。我游荡在裸露的
灯泡刺穿的黑暗中:工人们,制造着某物,
对那白衬衫男孩说着什么。当火花
飞向我,我痉挛了。那人锤击时
酸嘶嘶响着,而焊料变成了银,在我
看来,在这世界下面的世界
一个小矮人敲出了**指环**。时间模糊;
无聊又不无聊,我弄弯铅做出东西。

---

① 在本组诗(及《寻找失落的世界》)中,"老爹"(Pop)和妈妈(Mama)是年幼的贾雷尔对他祖父母的昵称,而"丹丁"(Dandeen)是他曾祖母的昵称。

我洗了我的脏手,像我祖父洗

他污黑的手,用他们含沙的肥皂:在面前,

经过他们的时钟、发工资的窗口的,是正午的

蓝、金和白色。循着煤烟熏黑的线

工人们摸索道路,进入

他们的妻子和房子,那条线,是钱;生命的事实,

大人们分享的秘密,是做什么

来赚钱。丈夫亚当,他的妻子夏娃

已了解如何不去做不必做之事

直到**圣诞老人**给他们带来他们的**童子军**刀子——

他们也没在梦中找到东西,拿着路线图,

卖圣诞邮票……

     老爹开始了他的周六,他的

周日,告诉我我喜欢听的东西,他

在谢尔比维尔市的童年。我玩

他所玩的,狩猎他所狩猎的,记住他所

记得的:对于我,我感觉可以留在

那个被他渐熄的营火余烬

所照亮的黑暗森林,永远……但我们在家里。

我爱上这小国家每一个熟悉的

成员,他们围聚在圣尼古拉斯教堂的

穹顶周围——在这城市,我的兔子

依赖我,我依赖每个人——这最初的

童年的罗马,在每种习惯中如此绝对

以至于那时我们听到这世界,我们的狱卒说:

"告诉我,你是罗马人吗?"① 我们栖居的这个时代,

从我们的肩上跌落,而我们回答:"是。

我立于恺撒的审判席,我

上告于恺撒。"②

    我洗了手,老爹把他的

付邮信封给妈妈;我们坐下来用餐。

电话响了:默瑟夫人想了解我愿不愿意

去图书馆。那最美妙不过,我说,

当妈妈允许我去。我梳了梳头发

并找到要拿出去的四本书:《诸神的食物》

最好。由于喜欢那个孩子们

吃着东西、长得又大又好的世界,

---

① 出自《圣约·新约·使徒行传》(22:27)。
② 出自《圣约·新约·使徒行传》(25:10—11),原文为"保罗说:'我站在恺撒的堂前,这就是我应当受审的地方。我向犹太人并没有行过什么不义的事,这也是你明明知道的。我若行了不义的事,犯了什么该死的罪,就是死,我也不辞。他们所告我的事若都不实,就没有人可以把我交给他们。我要上告于恺撒。'"(和合本)。

我发誓,正如我经常发誓:"当我长大
我永远不会忘记它的样子的。"
一支肖邦的序曲,敲击着一个个音符,像
字母表积木,来自隔壁。有人情真意切地演奏它,
那是室内练习的感受。"然而,又
好像不是——"一辆灰色电动汽车,滚着
无声车轮悄然停在路边,它来了;而我
坐在后座上(视野比任何人类视野
更动人!)看到我自己的朋友狼奇①,
半狼半警犬。而它会弹钢琴——
即弹它所弹的——而为了一个球
跳得那么高,就翻了个跟斗。"你好,"
我对那个女士说,又拥抱狼奇……在我
和世界的对话中,在这对话中,它告诉我我知道的东西
而我告诉它,"我知道——"多么奇怪
我一无所知,然而它告诉我我知道的东西!——
我欣赏那些动物们,它们站在旁边
发出咕噜声。要不它们就坐着喘气。多么——
多么令人惬意。要是人们发出咕噜声,喘着气就

---

① 狼奇(Lucky):狗的名字,意为"幸运"。

好了!
　　就这样,此刻狼奇和我坐在我们这一排,
默瑟夫人坐在她那一排。我把她
操控的舵柄,花瓶里的黄玫瑰,这整个被施以魔法的、
有着我们的进步的图画室
视为理所当然。玻璃,如玻璃所为,
围拢起一个女人气的、孩子气的
和小狗气的宇宙。我们将我们的鼻子
贴向玻璃许愿:天使和章鱼
漂浮过葡萄藤站,日落大道,闭上眼睛
将他们的鼻子贴向他们的玻璃许愿。

2. 狮子陪伴的晚上

我十二岁时,我们会去拜访我阿姨的朋友,
他有一头狮子,米高梅公司[①]的
狮子。我会和它一起玩,而它会假装
和我玩。我是真正的游戏的人
但它会在笼子里来回跑

---

① 米高梅公司,好莱坞著名电影公司。

直到它无聊。我把塔妮① 放在

我不信、我的年龄不信但仍

诵念的祈祷中；就像我在四人游戏中做每件事，

且通常，在三个之外

给**重要物**一块饼干。而在我的水晶、我的

矿石旁边，在我从**石化森林**得来的

树皮木头旁边，我放下它的上爪……

         现在狮子啸出

它迟缓又舒适的吼声；我躺在我年轻高大

肤色棕褐的阿姨身边，在过去

或未来之外，然后，我疲倦地吐露

我的梦中发现：每当我看到别人有着

你的肤色，听到别人以你的

嗓音说话，我的呼吸即刻加速。狮子的坚定咆哮

在黑暗中持续着。我已

睡了一会儿，当我记得：你

是——你，而塔妮是狮子，在——

在《泰山》② 中。在《泰山》中！就像我们以前

---

① 塔妮（Tawny），狮子的昵称，其意为"茶色"。
② 中文通常译为《人猿泰山》，美国著名科幻小说家埃德加·赖斯·巴勒斯自1912年起出版的泰山系列小说，贾雷尔诗中涉及的应是他的《泰山和金色狮子》(*Tarzan and the Golden Lion*，1922）。

一样，
　　我和你说话，你跟我说话，或假装
　　像大人们那样跟我说话，说到
　　《尤尔根》①和鲁珀特·休斯②，直到最后
　　我想，如同一个孩子在想："你是我真正的
朋友。"

3. 日落大道外的街道

　　有时当我开车经过那工厂，那个
　　多年以后生产维克斯
　　药膏的工厂，在我和上方，升起了
　　一棵桉树。当我爬向我的树屋，我
　　感觉它的梯条压着我的手掌
　　我的脚背的力。灰色叶子使得我
　　将我咳嗽的、睡前擦油的胸，和钉子
　　钉入褐黄树干流出的

---

① 《尤尔根》(Jurgen)，美国作家詹姆斯·布朗奇·卡贝尔（James Branch Cabell）的奇幻小说，1919 年出版后作者名声大振。《尤尔根》讲述主人翁尤尔根穿越中世纪宇宙的奇幻历程，它包括对亚瑟王传说的一种讽刺，以及像《神曲》那样在天堂和地狱的旅行。卡贝尔的作品被认为是漫画奇幻小说创作的里程碑。
② 鲁珀特·休斯（Rupert Hughes，1872—1956），美国小说家、电影导演、作曲家。

汁液的气味相混淆。
抹去我的一生
我坐在一辆深蓝色轿车里,在
我的曾祖母旁边,在好莱坞。我们经过
一座风车,一个粉红色的狮身人面像,一块
全麦麸广告牌;想起萨朗波①,罗宾汉,
那个在空中翻动他的烙饼的老勘探者,
我双手合拢坐着:我很乖巧。

那天晚上,我躺在扶手椅上
读《惊奇故事书》(就像,许久以前,
在第一次世界大战的最后一年,我会
躺在我富舅舅的北极熊旁
在他的圆顶图书室反光的地板上,而看到
一辆可怜的双座车被四架
三翼飞机攻击,在《文学文摘》的
封面上,而一匹**骆驼**赶来相助;
我会觉得我所倚靠的熊的皮毛温暖而粗糙,
下午的斑斓色彩会褪去,

---

① 萨朗波(Salâmmbo),法国作家福楼拜历史小说《萨朗波》中的人物。这部小说后来被拍成电影。

我会把手伸进熊嘴,紧紧抓住
它的前牙,心想"我不怕")
在日落大道之外,在用灯光营造的星光中,
一个科学家正准备摧毁
这个世界。"你该说晚安了,"
妈妈告诉我;我仍兴奋得喘不过气。
"记住,明天是上课的日子。"
妈妈告诉我;我仍兴奋得喘不过气。

最后我走向穿灰色绸衣的妈妈,
走向老爹,走向穿黑绸衣的
丹丁。我用手臂搂着他们,他们
用手臂搂着我。然后我回到
我的卧室;我一边脱衣服一边看书。
那个科学家准备攻击了。
妈妈叫喊:"你熄灯了吗?"我回叫:"是的",
而把灯关掉。被迫离开活泼生活
躺到床上,有一会儿,在这空茫的黑暗
我很不自在;然后像往常那样,
我戴上了水晶装置的耳机——
每张床都有耳机——因而它们遥远的
星星声音的、蓝紫太空的

不稳定的薄绢,绕着来自**四方福音**[①] 的**神龛**的
甜美声音。一个模糊的牵线木偶,
高高,褐色,伸出双臂,解开
原罪之索,睡眠之索——而,下一刻,太阳就
伸出它的手臂,穿过无花果树,柠檬树,
后院咯咯叫的母鸡都咯咯叫着,而
妈妈带来它们的鸡饲料。我看到了
我的杂志。我的杂志!穿衣准备去学校,我
读到美好的世界是如何从这
这坏人身上赢得胜利。书籍;书带;跳过
你在手工课坐过的脚凳……然后我们仨
坐下,一个做饭前祷告;然后,如通常那样
如那种推动星辰的习惯,一些咖啡——
满满的一匙——倒进我的牛奶,
牛奶,变成了,咖啡。
而妈妈平日的洗衣服,丹丁柔软的黑绸衣
是这习惯本身变得神圣的方式
就像,周日早上,周三晚上,**神意**
以他们的方式——教堂、祈祷会的方式——从精神
质疑的肉体中释放出精神。

[①] 四方福音国际教会(ICFG),通常称为"四方教会",是一个福音五旬节派的基督教教派,由牧师艾梅·森普尔·麦克弗森于1923年创立。

　　　　　　　　　就这样，

就这样，毫无疑问，我自己的习惯推动我

去学校穿过学校，从学校回来，像多米诺骨牌一样，

直到，在家里，我发觉我在

与丹丁玩多米诺骨牌。她的老脸快乐时

很迟缓，怀疑时很迟缓，当她坐着盘算

策略：耐心，平等，谦逊，

她听到她最后的一个孩子

得意的或困惑的话语；而她会抱怨，

像孩子或动物，当我冷漠于

让我变得更好的道理，当我喃喃自语：

"我最好现在就停下来——兔子……"

　　　　　　　　　　　我动了怜悯
　　　　　　　　之心

又与她再玩一场。有一个曾祖母

不可思议：我感觉不同于

别人，当，在骨牌推动之间，我们讨论的是

州际战争①。欢快的军队

骑马到我们的农舍，从我们这里偷

---

① 指美国南北战争（1861—1865）。

勺子,偷马——当他们的上尉
向丹丁弯腰,把丹丁放到他的马上,
她哭了……当我跑过鸡笼,把生菜
给我的兔子,真实的懊悔
伤害了我,在此,此刻:那小女孩在哭泣
因为我没有写。因为——
                      当然,
我是个孩子,我就这么错失她们。但辩护
也会伤害:但愿我能和你再玩一次,
再次看到你们所有人!我觉得你将要死去
原谅我——或者不,对于被原谅者
都一样……我的兔子很高兴见到我;
它爬向我,在它吃生菜之前,
驯服地轻咬我。它毛茸茸的
松软温暖的长耳,连同它瑟瑟响的鼻子
让孩子安心。他们确保,
如这里许多东西,孩子知道,
谁来照顾他,他去照顾谁。

妈妈出来了,从晾衣绳
收衣服。她怀着公正的爱看着
我们所有人,她悠闲的脸,是半张女孩的脸。

她进了一个鸡舍,母鸡们拥挤着
恐惧地扇动尖叫;整个鸡群
旋到最远的角落。她挑了一只,
走出,扭绞它的脖子。那身体自己
抛掷而出——猛冲,踉跄,它开始
跑离某物,飞离某物,在
噼啪翻动的大圆圈中。妈妈像个修女,站在
每个可怕的、痛苦的圆环的中心。
呼呼声和混乱继续着,继续着——然后它们消失,
我睁开眼睛,一切已结束……这样的事可能发生
在任何东西身上?可能在一只兔子上;我怕,
可能——

   "妈妈,你永远不会杀雷迪,
你永远不会,对不对?"那个农妇试图说服
这小男孩,她的孙子,她永远不会
杀那孩子的兔子,从来没想过。
他想要相信她……每当
我看到她,在无限的黑暗中,
像犹滴[①]一样站着,手中拿着母鸡的头,

[①] 犹滴(Judith),一个虔诚爱国的古代犹太妇女,相传她杀死侵略她所在的镇的亚述将领荷罗孚尼而使该镇得救。

我辩解着，徒劳地——一个伪君子，
像所有爱着的人。
    进入好莱坞的
蓝色仙境，太阳下沉，经过桉树，
狮身人面像，风车，而我看着，读着，
抓紧我的故事书。而当公共汽车
停在角落，老爹——老爹！——走下来，
我跑出去迎接他，一团模糊的光晕，
半红半金，给他清醒的棕色脸、驼背的
肩膀施以魔法，使他犹如**众生之父**。
他告诉我他在市区所做的工作，
我们坐在台阶上。我的宇宙
几乎被修复了，我告诉他那个科学家的事。我说，
"老爹，他真的不能，不是吗？"我的安慰者
眼睛亮了，他笑了。"对，那只是故事，
只是编的，"他说。天空已变灰，
我们坐在那里，在我们美好一天结束的时候。

在美术馆

守卫有绝望的权利。他站在被
圣母马利亚挠痒的神旁边;那婴儿咯笑着,
想要挣脱他母亲的怀抱。
这块石头的线条和凹陷
对人们来说是人性的:他们对它倾心向往。
但守卫没人让他有人性——
他们穿过他,似乎他是一个影像。
守卫也没看到他们,你确信,
但当有人碰到某个东西他会注意到
并告知他别这样;要不他站立着,
盲目,沉默,在这些无差别地
经过的人中,如同分钟,如同小时。
缓缓地日子流逝,迅疾地岁月
飞逝:需要多少分钟
让一个守卫的头发均匀地变灰?

但在意大利,有时,一个守卫有所不同,
他比一个待在家里的守卫更穷——
他的旧制服多廉价,多脏!
他是意大利人的一座喷泉:
他拉开帘幕,告诉你该站在哪里,
引诱你回到路德维希宝座①
为了让你看人们忘记看的那一边——
充满希望地,愉快地惊叫
美!② 他向你展示,蹲着的维纳斯
磨损的头部,那未受影响的嘴唇
仍充满希望地,愉快地分开,
在一个女孩清晰的微笑中。他说着,微笑着;
无论你是否懂得意大利语,
你懂得他是人性的,而仍希望——
微笑着,反复说着美!
你给他一枚值十美分的铝币。

你甚至可能看到一个哑巴守卫,他入迷的

---

① 路德维希宝座,一座在拆除罗马皇帝路德维希的别墅时发现的大理石宝座,其三面有动人的浮雕作品,约作于公元前470—460年,现收藏于意大利罗马国立博物馆。
② 原文为意大利语"Bellissima",下文的"美"也如此。

微笑,拉开帘幕,指示地方,
朴实地确信自己守护一个奇迹,
这些比意大利语更明了。
他的手势充满了——对信仰的信仰。
最后当他从他的制服闪亮的
口袋拿出一个放大镜,对着一幅
一个女人用她的手臂
怀抱世界的死亡的画,向你展示,
那男人手臂上的东西是女人的
眼泪,你和那男人、女人和守卫
无言地成为一体。你说美!
美!而朝他回以像他那样入迷的、
无声的、人性的微笑,确信他守卫着
一个奇迹。离开时,你递给这人
一枚值二十五美分的镍铝币。

井　水

一个女孩所称的"生命的日常"
（为你的差事添加差事。即是说，
"既然你已起床……"让你成为
一种工具的工具的工具）是
从世界底部的一口旧井泵出井水。
你泵水的水泵生锈了
很难运转，可笑，一只生病的松鼠
缓慢转动的松鼠轮①，穿过阳光的
无情的时间。然而，有时轮子
由于自身的重量转动，生锈的泵
泵出清澈的水，喷在你出汗的脸上，
凉，真凉！你捧起你的手掌
从它们当中饮下生命的日常。

---

① 松鼠轮，一种内装跑轮供小松鼠或其他小动物在里面奔跑的装置，形如风扇，当小动物在跑轮底部奔跑时，轮子不断转动。

失去的孩子

两个小女孩,一个白皙,一个黝黑,
一个活着,一个死去,正携手奔跑
穿过一个明亮的房子。两人穿着
红白相间的条纹棉裙,套着泡泡袖,缠着腰带。
她们从我身边跑开……但我很高兴;
当我醒来时,我没感到悲伤,只有快乐。
我又见到她们,而我安慰于
她们仍在,某个地方。

这很奇怪,
在你体内携着另一个人的身体;
在它诞生之前就了解它;
最终看到它是男孩或女孩,它完美无瑕;
给它洗澡,穿衣;端详它靠着
你的乳房进食,直到你了解它几乎
多于你了解自己——多于它了解自己。

你拥有它因为你创造了它。
你是它的权威。

但当这孩子学会
照料自己,你对她的了解少了。
她的意外、冒险属于她自己,
你跟不上其发展。不过,除了她之外,
你比任何人更了解她。

在她身体那孩子一点点消逝。
你说,"我失去了一个孩子,但得到一个朋友。"
你觉得自己渐渐被抛弃。
她和你争论,或忽视你
或对你很好。以前只要是你,她就恳求
跟你去任何地方,现在发现
跟随引导者不再有趣。
现在她很少请求;你对这点请求心存感激。

那每周写信一次的年轻人
现在是她自己的权威。
她坐在我的客厅向她的丈夫展示
我的相册小时候的她。他喜欢她们

又取笑她们。我也看着
而我意识到那个穿母女装的
蓝衣女孩,那个配有半品脱保温瓶的
午餐锡盒,或训练她的宠物鸭
滑下滑梯的白皙女孩,已失去,如同
死去的、失去的、黝黑的那个。
但在那个世界,她们穿着喇叭外套
及相配的帽子,惊人地存在着
以至于,在我看了一小时照片后,
我相信:绑带松开了,
一个在另一个人生日照片里,她们
在海滩上,为哮喘病患者建造城堡。
我端详它们而所有原来的确切知识
淹没了我,当我放下相册
我心里一直在说:"我确实了解那些孩子。
我编织那些辫子。她踩到
油脂罐那天我开着车,我们
正去找肉商取我们的配给额。
我了解那些孩子。我知道她们的一切。
而她们在哪儿?"

我盯着她,想看她孩子时的

某种痕迹。我不能相信没有一点儿。
我指着那张照片,可笑地告诉她,
我一直疑惑她在哪儿。
她告诉我,"我在这儿。"
        是的,而另一个
没有死去,而是永生……

隔壁的女孩,这借来的孩子,
有一天,对我说:"你太喜欢孩子了,
难道你不想自己有几个?"
我不能相信她能这么说。
我想:"你当然可以看着我,就看到她们。"

当我在梦中看到她们,我感到如此快乐。
但愿我每晚都梦到她们!

当我想起我关于小女孩们的梦,
它就好像我们在玩捉迷藏。
黝黑的那个渴望地
看着我,然后消失;
白皙的那个会停留在视线中,只是无论我
往哪里伸手她都遥不可及。我累了

如同某个雨天、整天和小孩玩的母亲。
我不想再玩了,我不想了,
但孩子一直在玩,所以我玩着。

三张钞票

一度在购物广场,望向公园,眼光

越过哥伦比亚大使,他的妻子,

和他们的两个孩子,越过一个马车夫的

锈色大礼帽和褐色熊皮毯——

我听到三张十万美元钞票

在吃早餐时谈话。一个是男性,两个是女性。

灰色的女性抱怨

借给她的圣文森特① 种植园

"在那里,一个偏僻的地方。"肤色棕褐的健壮男性

下巴胡须晃动,当他说:"我不明白,

真的,你怎么能这样说圣文森特。"

"但它是在一个偏僻的地方!""圣文森特?"

---

① 圣文森特(St.Vincent),东加勒比海的一个国家,1979 年独立,全称圣文森特和格林纳丁斯,人口约 11 万人。

"是的,圣文森特。""你是说圣马丁岛①吧?"
"当然,圣马丁岛。那是我想说的,圣马丁岛!"
那白肤金发女人露着带着些许孩子
表情的微笑,说:"真可惜,它不是圣基茨岛②!"
留着胡须的男子有一会儿去了厕所,
而他的妻子以同样嗓音对她的朋友说:
"我们不能待在任何地方。过去三年
我们没有一个月待在一个地方。
他和庭院男孩调情,我们就得离开。"
她的朋友表示遗憾;我遗憾地看到
那张金黄色钞票上伍德罗·威尔逊③的脸
——那张表情丰富的、要哭出
或不哭的脸——是一张在不同
环境下会很美丽的脸,一张女人的脸。

---

① 圣马丁岛:西印度群岛东部岛屿。
② 圣基茨岛:西印度群岛东部岛屿。
③ 托马斯·伍德罗·威尔逊,美国第 28 任总统(1913—1921),其头像印在当时 10 万美元纸钞上。

希　望

宁愿住在 11 号公寓（肖勒姆
徽章）旁边菩提树中的巢
而不是 11 号公寓
会很孩子气。但我们是孩童。

如果松鼠窝没有看门人帮我们
走出出租车，爬上树，
但，即便肖勒姆也没有松鼠
在大天幕下的玻璃门边，用炽烈的眼睛，岩石相撞的
声音，来迎接我们。

圣诞节
凌晨两点，有一个人在
玻璃门旁，一个人在
青铜电梯里。我们四点出发，

沿着走廊走,打开门锁,

走下石阶,经过一座雕像,

到那个窝,在那里松鼠爸爸,松鼠妈妈,还有
  松鼠宝宝

生活着,如果松鼠宝宝能有自己的方式。

眼下它有自己的方式。

公寓的孩子

在他的雪橇床翻来覆去,

他睡着了,由一只六英尺高的狮子守卫。

而,公寓的

父母们也像狮子一样战斗。

在我们之间,我们几乎有十二英尺长。

在羽管键琴旁,一棵孤独的

冷杉在一个寒冷的

礼物山上入睡;它伸出

覆满冰雪的大树枝。

在它的那一边,是马纳斯索①、

---

① 马纳斯索(Alessandro Magnasco,1667—1749),意大利晚期巴洛克画家。

恩索尔①、雷东②的画。

这些将估价为——某个我忘记的价格,

我从——了解到——我不记得从哪里了。

这儿,来自挪威一个省份,祖父的

一座钟,它的腰和胸

如一个小巧但异常发育良好的女人,

好像是夏加尔③发明的。

它飘浮在地板上面,

对着空无滴答着没完没了的提婚。

但,我结婚,变成我的母亲

是所有这些日晷的座右铭。

日光,在它们身上粉碎,

说,洁净,洁净,洁净;说,纯白,纯白,纯白。

夜晚的时辰黑暗中

俯身于它们之上;午夜时一个少女

---

① 詹姆斯·恩索尔(James Ensor, 1860—1949),比利时画家及版画家,常被当作代表性的象征主义、表现主义画家。
② 奥迪隆·雷东(Odilon Redon, 1840—1916),法国象征主义画家、版画家。
③ 夏加尔(Marc Chagall, 1887—1985),居于巴黎的俄裔画家,他的著名作品包括《新娘》等。

骤然出现,说:午夜,一切皆白。

我儿子早晨做梦时吃的雪霜,
没有我妻子白,
而她所有的唇膏都像黑莓。
凝视她干燥凉爽的
椭圆脸——被追寻的雪,还有眼睛,
嘴唇,鼻孔,某种悲伤的
木纹灰影,某种曾征服的厌恶,
轻松征服而回来——
此间我读了我的简单故事。
在苹果花中吃早餐,第一个如火的
圆环彩虹,在春天和黎明的新露水中,
那个鬈发的美杜莎,我——

        我——
为了把它变成黑白,
我们结婚。

    "妻子就是妻子。"
一些丈夫说。但愿这是真的!
我的妻子是一个和隔壁女孩
玩过家家的女孩,一个被当作父亲的女孩。
然而我是父亲,我的妻子是母亲,

哦,每一寸都是母亲;而我们的儿子
睡在树上的松鼠窝中。

(我们其中一人的母亲
在环航地球中消失了。
一只飞碟的人们,着陆于她的航线,
说:"带我们去找你的首领。"
他们被带到这位母亲面前。
她回答了他们未问的问题后,
他们飞了出去——直到今天,在许多许多
光年外的另一星系,
她统治一颗行星幸福的人们。

我自己的母亲也以同样方式消失。)

那?那是宾州德人①,一头熊
用来标记黄油。至于这个,
它是纯粹的炼金术:
一枚早于十一世纪的原子弹的
唯一样本。

------

① 宾州德人,17—18世纪在美国宾夕法尼亚州定居的德国移民及其后裔。

它出自
一个阿尔比教徒的工作室。
幸运的是,谁也无法引爆它。
我们把它当一台播种机用。

我们觉得它很美国。

有时候,用电视看
我最喜欢的连续剧,《超市中
一颗悲伤的心:一个
拥有一切的女人的故事》
我看着我的妻子——
而明白她;而记得,总有同样的惊喜,
"啊,你很漂亮。"而美是一种善,它
让我们渴望它。当有时,在某个妻子的眼中,
某个丈夫的眼中,我看到这种渴望,
我想起我做过的噩梦中的
神鱼:像穿着棕色太空服的巨人们
但也像鱼,他们直立行走,穿过街道
而与我徒然斗争,但,斗争着,
给我讲了一个故事,他们说,是
睡美人的故事。是一个古老故事

但结局不同:当王子亲吻她的嘴唇后
她擦了擦嘴唇
而和一只小老鼠——在梦里,是一只小老鼠——
一起翻了个身,又睡着了。
我醒了,去告诉我妻子这故事;
而如果她睡觉
不像我妈妈,我已说出它。

她很像我童年
经常发生的一幕。
被叫作**妈妈晕厥了**的一幕。
母亲的身体
变大了,现在不再动了;
呼吸着,以某种方式,似乎它不再呼吸。
她的脸不再对我们微笑
或对我们皱眉了。对我们做点事情吧。
她的脸古怪地通红
要不就古怪地苍白;我不再确定。
我确定的是它很古怪。

我们照着被告知的那样做:
在她的头(要不她的脚)下放一个枕头

让血涌到她的头上（要不远离它）。
现在她被固定了。

她之前弄出的声响，在落下，
家具的声响，
仍在继续，在万物（除了我们
自己）的寂静中，
当我们把她拉拽到一个位置。
现在我们也静默无声。

就像上帝在打盹一样。

我们等待着世界成为世界
而胆怯地，远眺那些离开
黑暗的大高速公路（**母亲高速公路**）的小车道，
而我们疑惑我们是否会踏上那些路径——

而她醒过来，我们从没踏上那些路径。

夜晚停止了呼吸。
月光从路灯那里，流过菩提树，
它印在天上。

地板和地板上的基尔曼地毯 ①
和基尔曼地毯上的礼物
暗黑,但顶篷上有一片月光。

月光移近温顺站立的
冷杉,一个穿睡衣的孩子,
在许多影子当中。
它移近父亲和母亲
去唤醒他们,因为在孩子的梦里
这是早晨;而父亲醒来
然后把它带回到床上,而它永远没有醒来。

早晨我们的父亲
穿着假白假红的衣服
拿出他的牙齿并把它们喂给他的驯鹿,
假驯鹿,并把他的侏儒们在**极地**做出的**礼物**给我们,
把他在**极地**制造的钱给母亲——
并解释了一切,原谅了一切,用
一声咳嗽,所有轻微咳嗽中

---

① 基尔曼地毯,一种花饰极考究又贵重的伊朗地毯。

最轻微的咳嗽；但这没用，这无法解释，

不可原谅。男人算什么

你还顾念他？①

男人是一种手段；

那夭断的，留下一个寡妇。

他从没能让**母亲**相信侏儒们的真实：

他是一个影子

而在一天傍晚随太阳下山。

我仿效父亲轻快的、虚弱的脚步

到太阳下、月亮下的某个地方。

被很低很低的街灯的灯光照亮。

回到足够远的地方，下到足够深的地方，你就来到了**母亲们**那里②。

就好像，在**每个人**的胸中，

某物用他母亲的声音一直责骂，

就这样，在每个女人体内，一个**老妇**

摇摆，摇摆，渴望她的王国。

---

① 语出《圣经·旧约·诗篇》(8:4)"人算什么，你竟顾念他？"("What is man, thou art mindful of him?")。英语中"man"既指"人"又指"男人"。
② 这里暗指歌德《浮士德》第二部"母亲们"一节（第 6173—6306 行）。

"我有一个小影子,和我进进又出出,
而他有什么用途,我——但这么说并不公允,
他是某种用途,"暮色中的女人对着我唱。

当那白人修女交给我的白人妻子
她可怜的红润的儿子——我可怜的红润的儿子——
目瞪口呆,喘气,像水泡中的皮肤,
某物在我之外萎缩;
我看到了我想我必定看到的,当
在报纸上看到我的婚礼照片:
我的妻子很像——我的妻子是——我的母亲。

尽管如此,事情就这么进行。
在这座房子,每个人都是母亲。
我妻子是一位母亲,厨师是一位母亲,女佣是一位母亲,
这女家庭教师是——
      为什么这女家庭教师不是个男人?
我买的东西,甚至,

一两周后，它们也走向我的妻子。
基尔曼地毯，恩索尔的画，祖母的那个钟
用它们赤裸的、着魔的、
责备的眼睛，在我身边旁观，某人
婚后进入的一个家庭，一个岳母，一个——
你的妻子的母亲的母亲叫什么？
是否所有男人的母亲由于他们的儿子而枯萎？
当孩子开始生活时，女人逐渐
变成女孩——并且，责骂她拥有的洋娃娃，
她的小学校唯一的学者，
她的工作，她的玩具，她的财产，
她承担单独属于上帝的东西，责任。

今天早上，当我儿子拿着叉子伸进
烤面包机，如此笨拙递给我
一片烤面包片，掉落它，而如此笨拙
仰视我，我看到他很像——
他是——

        我没看到什么。
下一次他们对我说："他有你的眼睛，"
我会告诉他们真相：他有他自己的眼睛。

我儿子的眼睛看起来有点像松鼠的眼睛,

有点像冷杉的眼睛。它们看起来不像我的眼睛,

它们看起来不像我妻子的眼睛。

而毕竟,

如果它们看起来不像我的眼睛,是否我的眼睛……?

你在某个美好的早上醒来,变老。

而老意味着变化,变化意味着你唤醒了新。

毕竟,在这房子,我们并不都是母亲。

我不是,我儿子不是,冷杉树也不是。

而我说那个女佣是,实际上,我并不知道。

冷杉矗立在那儿,在寒冷的白色的

礼物山上,雪白,寒冷,

但实际上,它是绿的;它是常绿的。

谁知道呢,谁知道?

早上,我会对我妻子说:

"你不像我母亲……你不是母亲!"

我妻子会对我说——
　　　　　她会对我说——
首先，当然，她可能会对我说："你在做梦。"
但后来呢，谁知道？

夜 鸟①

一个影子正飘浮着穿过这月光。
它的翅膀没弄出声响。
它的爪子长长,它的喙明亮。
它的眼睛搜寻黑夜的一切角落。

它啸叫,啸叫:所有空气膨胀起伏
并且像水流一样到处洗刷。
倾听猫头鹰的耳朵
相信死亡。屋檐下的蝙蝠,

石头边的老鼠,仍静寂如死亡,
猫头鹰的气流水一般清洗它们。
来回穿行,猫头鹰在夜里,
而黑夜屏住呼吸。

——————————
① 这首诗来自作者的儿童故事《蝙蝠诗人》。

蝙蝠们[①]

一只蝙蝠出生,
赤裸,瞎眼,苍白。
他的母亲在尾巴上做了个口袋
并抓住他。他抓附着她长长的毛皮
用他的拇指、脚趾和牙齿。
然后母亲在夜晚跳舞,
折叠,回转,翱翔,翻跟斗——
她的婴孩挂在下方。
整个晚上,幸福地,她猎寻,飞翔。
她尖锐的叫声
像闪亮的针尖
向黑夜掷出,然后,弹回
告知她它们碰到了什么。
她听到它们所触之物有多远,有多大,

[①] 这首诗来自作者的儿童故事《蝙蝠诗人》。

什么方向:
她靠听力为生。
这母亲吃了在全程飞行捉到的
蛾子和虱子;在全程飞行中
喝了她掠过的
池塘里的水。她的婴孩紧抓着,悬挂着。
在月光或星光下,在半空中
她的婴孩喝了她为他准备的奶。
她们孤单的影子印在月亮上
或穿过星辰发声,
整晚旋舞;拂晓时分
这疲惫的母亲拍翼回到她橡子上的家。
其他的蝙蝠都在那里。
他们用脚趾悬挂起自己,
他们用褐翅膀裹起自己。
集束而倒挂,他们在空中安睡。
他们锐利的耳朵,锋利的牙齿,迅捷敏锐的脸庞
变得呆滞,缓慢,又柔和。
整个明晃晃的白天,母亲在睡觉,她
折叠双翼裹住她熟睡的孩子。

那个与众不同的人

你,已环绕世界两次
而环绕你的生命一次。
有一次,你曾对我妻子说
"哦,不,我已完成我所有的长途旅行。
现在我要作短途旅行。"

现在这是一次长途旅行还是短途旅行
抑或,并非旅行?

你总乐于与众不同。
你是怪物:你
做菜直接按菜谱;以前你看起来
像是隔壁的孩子们在阁楼将你打扮
然而到家时从头到脚是
芬兰皮毛:今天你齐整得稀奇
穿着衬铅的宽大外衣,伴以

蕨类植物和鲜花——石长生，康乃馨
和白菊花，
当你躺在此处，不打算启程，去作
最后旅行之后的旅行。

啊，艾女士——
不要在我的眼泪中保持平静。①

我听见，感动中——你无动于衷，坚定不移——
受造物最热切的期望
它上升，又被斫倒，像一朵花：
"我们不会全然睡去，但在刹那间，
眨眼之间，
我们将被改变。此时这朽坏的
将成不朽坏的，而这必死的
将成不死的，
然后死亡在胜利中被吞噬，
啊，死亡，你的刺在哪里？啊，坟墓，你的胜利在哪里？"②

---

① 见《圣经·旧约·诗篇》(39：12)："我流泪，求你不要静默无声。"
② 语出《圣经·新约·哥林多前书》(15：51—53、55)，这里按贾雷尔诗中的引文译出。和合本译为："……我们不是都要睡觉，（转下页）

他们在你之上所念之语词

是我希望的一切。

如果我的眼睛不曾睁开,

我想我已梦见它们。

它们似乎太适宜于这前女人,这

友好的僵化物,过去常常微笑,像

一只已学会微笑的旱獭

当它的饲养员对它说:"现在微笑!"

          此刻你的微笑在哪里

既然世界在分解你的特征?是否

一种微笑就像生命,

事物有一会儿寻找的一种方式,

物质的一种暂时安排?

我感觉自己像第一个读华兹华斯的人。

它如此朴素,我无法理解。

(接上页)乃是都要改变。就在一霎时,眨眼之间,号筒末次吹响的时候;因号筒要响,死人要复活,成为不朽坏的,我们也要改变。这必朽坏的总要变成不朽坏的,这必死的总要变成不死的。""死啊,你得胜的权势在哪里?死啊,你的毒钩在哪里?"

你让我觉得：宇宙
由超越于人类的某物
为低微于人类的某物所造。

但我自己，一如既往，
认同于出了某种问题的某种事物，
认同于某种人类的东西。
这是一种可能发生在任何一个身上的事情
除了——
 　　　　除了——

就在现在，在尚未拉开的
幕布（其即将揭示
坐在椅子上的直系亲属）后面
我辨认出——台外留意台上，
黑色，一项白帽下，**最美好者**的——
一双眼睛。太幼小而还没了解
看到的东西，淫秽的东西，它们急切地
找寻成年人持有的秘密，那秘密，
被分享着，让你长大成人。
它们不带同情或不具移情地看，

饶有兴致地。

    没有我。

这就好像在一瞬间,
在眨眼间,
我已足够成熟到下定我的决心
不看哪些东西,永远……
      关于死亡,如果一个人
下定决心,他就可以没有它。
他可以合上眼睛
如此紧闭以致当他们来叫醒他,
摇醒他,说"醒醒!醒醒!
你该死了"时
他什么也听不见。
    哦。艾女士——
要是我能让你明白它就好了!
要是我能让你下定决心
及时地,及时地!而不是某人站在这里
告诉你你已不会朽坏,
你将躺在这里——我能看到这一幕——

裹于水晶中，持续引起死的恐惧 ①，
当岁月翻卷你……
     以我心灵之眼
我就能听到一个老师对着一个班
谈到二十一世纪或二十二世纪：
"孩子们，记住你们已看到
那个最老的、永远不死的人！"

那是，女人。

---

① 原文为"continually mortal"，也可理解为"持续地终有一死"。

黑森林中狩猎

门关上后,脚步声就消失了,
他叫道:"妈妈?"
风在树叶中呼啸:他寒冷的双手,蜷缩入
他那蜷缩的、寒冷的身体里,他弄脏的脑袋
变暖又颤抖;红树叶流动
像细胞穿过他的视野
光谱的、脉纹的、涡旋的黑暗。
        红侏儒
低语:"叶子在翻转";而他辨认着
那些沉闷的、涡旋的声调,它们像愿望
在林中树枝上战栗。

牡鹿在林中吃草。

一个号角呼叫着,一遍遍,三个音符。
那单调的、喘息的回声传出又消逝——

群鹅从一个隐蔽的天空呼唤。
雨声渐渐变成瀑布下
洪水的轰鸣声:骑马者对着
层层阴影中的影子呼唤,一个侏儒
又跑回矮树丛里去。但烟
飘向骟马的鼻孔,它嘶鸣着。
在林间空地潮湿的星光中
一间小屋渗出缝间的火影。

骑马者笑出声来:树枝间,鸟儿们
受到打扰,搅动。

他打开了门。一个人抬起头
然后慢慢地,露出微笑,
显现自己的惊讶。
他指着张开的嘴:舌头
被割掉。露出他的肩,指着
烙在那里的王冠,微笑着。猎人皱眉。
锅在余火上,在哑巴的
笑声中冒泡。带着严厉的习惯性的
不耐烦,猎人向他问话。
那人茫然地点头——

颤抖,他发出了吞咽声

一遍又一遍。猎人从锅里

把闪光的炖菜,舀到一个木碗里。

他默默吃着。哑巴

用手指数着汤勺数。数到十,

最后一根手指,他高兴地笑了。

像老鼠穿过地板,到

门边,门的黑暗中。国王呼吸困难,

站起——而有什么攫住他的心,

某种忍耐的、无意识的东西

开始用手把他的心扯出。

他身体震颤,弯成一张弓,

双手无法控制趴在桌子上,

弯曲,再弯曲,直到最后崩裂。

已崩裂,但仍在呼吸——几声哮喘

缓慢,断断续续,停止。

现在只有火在沉思,像一颗心

从它的胸膛被挖出。光跃动着,一个个影子

落在世界古老的轮替中……

两个火花,在窗户的黑犄角那里,

如同星星,凝视昏暗的小屋,
慢慢地转动,搜索着:
然后,一种冒泡的、吞咽的声音响起,
锅里的声音在火上笑。
——锅,翻倒在灰烬中,
死亡般冰冷。
是什么东西在抓挠,喘气。一个细小的声音
说:"让我来!让我来!"哑巴
用他的胳膊抱住侏儒,把他举起。

窗格蒙着气,因为他们轻柔缓慢的呼吸,
哑巴的手臂累了;但他们凝视着,凝视着,
像孩子看着不该看的东西。
他们模糊的脸,卷入一个愿望,
被模糊成一张脸:一个孩子凝固的脸。

林中房子

在许多房子的后边,有座树林。
只要还有一片夏天树叶,树林弄出

我可以放在我的歌某处的声响,
有我能走向(当我醒着)善

或恶的路径:走向笼子,走向烤箱,走向**树林的**

房子。这是生命的一部分,或故事的一部分

我们让生命成为故事。但在最后的叶子,
最后的光之后——因为,最终,每年是无叶的,

每天是无光的——树林开始了
它的庄重存在:它没有路径,

没有房子,没有故事;它抗拒类比……
一种清晰的、反复的、叠拍的汩汩声,就像一把勺子

或一个玻璃杯呼吸,是溪流,
树林午夜被弄脏的水。如果我尽我所能

走进树林,我来到我自己的门前,
林中房子门前。它静寂打开:

床上有东西被盖着,有东西隆起
睡在那儿,醒在那儿——但,是什么?我不知道。

我看着,我躺在那里,然而我并不知道。
我那硕大的、发出回声的笨拙四肢伸展

有多远,只被空间围拢!因为时间已敲响,
此时所有时钟停滞,因为多少生命,

在同一秒上。麻木,僵硬,静止,
我们在夜的表面下很深。

没有什么落得这么深,除了声响:一辆汽车,许多货车,
　　一种高高的轻柔的嗡嗡声,像一根电线拉长

永远,永远——是否这是班扬①听到的声音
因此他认为肠子会在他体内爆炸?——

继续,继续漂流,化为空无。然后有人
尖叫,声音像一把从前的刀子,锐利又化为空无。

这只是一场噩梦。没人醒来,什么也没发生,
除了我全身鸡皮疙瘩——

而那,一小会儿后,也消失了。
我躺在这儿像一节残肢,枝干留下的断枝……

在这儿,世界的底部,前于世界且将后于它的
东西,将我抱至它的黑胸脯

并轻摇我:烤箱冷冷,笼子空空,
在**林中房子**,女巫和她的孩子已入梦。

---

① 班扬(John Bunyan,1628—1688),英国传教士,《天路历程》作者。

女　人

"所有东西变成了汝，成为汝之物，"我有时想
当我想起你。我想："多少缺陷
在汝身上已似乎是种美德！"当你的味觉在我的舌尖
岁月回返，无数祝福，如你
已加速的气息，为我的肉体镀金。
尊贵地躺在那儿吧！
　　　　　　　　当，像迪斯雷利①，我咕哝
你更像一个主妇而非妻子，
更像一个天使而非主妇；当，像撒旦，我
在你耳边呢喃着某个邪恶的提议，
某种美味的厌恶，
你对我溺爱地笑："男人，男人！"

---

① 本杰明·迪斯雷利（Benjamin Disraeli，1804—1888），英国保守党政治家、作家和贵族，曾两次担任首相。他在保守党的现代化过程中扮演了中心角色，因为他确立了它的政策。

你们对男性微笑,在此之中承认你们
那个荒谬的堕落时刻。
因为男人——如你们的肥皂剧,如你们的《家庭杂志》,
如你们的心灵私语——男人只是孩子。
而你们相信他们。真的,你们是孩子。

如果你不是,我会否如此深爱你?
如果我不是呢?
    哦,晨星,
每天清晨,我阴郁的心走向你,
随太阳升起,但不随太阳
落下,而在整个长夜巢居于你的眼睛。

男人的恩典份额,在所有能够让那幽灵(**男人**)
可以忍受几乎可爱的东西中,
已降落在你头上。直立①,非同凡响
如一头穿溜冰鞋的北极熊,他穿行着
进入**永恒**……
    你从你的基座,

---

① 原文为"erect",意为"勃起、立起",有性暗示。

钦佩地看着，当你记得看时。

让我们形成，如弗洛伊德所说的，"二人一组。"
你是这世界供予的至佳之物——
他这么说。或者我记得他这么说过；
如果我错误，这是一个弗洛伊德式的错误，
一个只有男人会犯的错。
女人不能忍受女人。狡猾地刻在
许多老妻死寂之心的是"女人啊，
当心女人！"然而这是一个厌倦了
生活太多甜蜜的男人——一种
有一个母亲、妻子、三个女儿、一个妻妹的生活，
接受精神分析者的一种深渊——其写过："我不能
回避这个见解（然而我
犹豫于表达它）：对于
道德的正常水平，女性的看法
与男性的看法不同。
她们的超我"——此时他毫不犹豫地继续——
"从来不像我们要求它在男人身上
那样无情，那样没人情味，

那样独立于种种情感起源。"

难道天使没有告知亚伯拉罕
他会宽恕那平原诸城
要是在它们中发现十个不义女人①?
——也就是说,是仁慈的;也就是说,
是放纵的;也就是说,不公正如审判者们——
他们抛开审判,一直,当着
那个有贵羊毛的、不合逻辑的脑袋
手指挠痒的、卷纱般的头发下面的眼睛
(长睫毛的,替罪羊的,羞怯渴望的)。

你救了他,用他的头发织一张阿富汗毛毯。②
而在寒冷的坟墓,为你保存,而没有阿富汗毛毯,
他听任你开战,建桥,造访
喜欢用手指拨弄他的头发的女人们。

―――――

① 这里相关于《圣经·旧约·创世记》(18:23—24、32)的内容,也是一种反说。原文为"亚伯拉罕近前来说:无论善恶,你都要剿灭吗?假若那城里有五十个义人,你还剿灭那地方吗?""为这十个[义人]的缘故,我也不毁灭那城。"
② 联系上下文,这里的"头发"似乎暗含《圣经·旧约·士师记》记载的力士参孙头发(他的力量来自头发)的典故。

他对她们抱怨你,把你描述

为"我生命中最伟大的爱"。为了赢得你,你这

纯粹的女人,煞费苦心——"最糟的是,"

他总结,"一个不对我胃口的女人。"

然而,女人从来不对男人的胃口。

他着魔于史前那令人难以忘怀的

另一个,那个任何人无法

比拟的人,他寻找他的理想,那个

让他想起他的母亲的**善良淫妇**①。

现实是太多的非此即彼,

太多像**圣母**要不太糟糕……太糟糕了!

他将自己托付给她们——因为"毕竟,她们是

那系列中给予的最好东西";

而他是否不应宽恕尼尼微,那座

女人超过六万的城②——

她们不能分辨左右手

---

① 这里可能暗指贾雷尔在他别的诗也涉及的莉莉丝。在犹太教的拉比文学中,莉莉丝(Lilith)被指认是亚当的第一任妻子,她与亚当被神在同一时间用同样泥土创造,她不满亚当而离开伊甸园,后来成为诱人淫欲的邪灵。
② 这里见《圣经·旧约·约拿书》(4:11)的内容,原文为:"何况这尼尼微大城,其中不能分辨左手右手的有十二万多人,并有许多牲畜。我岂能不爱惜呢?"

却充满希望地对男警察微笑?

是否如调查显示那样你们是实利者?
好一种措辞！让我们反而写下
你们是现实主义者；或如现实主义者会说的,
自然主义者。这符合人的本性——女人的本性:
想要最好的,又不在意它怎么来。
而除了我们自己,我们都有什么可卖?
可怜的枸杞,刚成熟即腐臭！你们
今天一定要被逮住,要不
明日就老成了妻子,母亲,主妇,
女性投票联盟选民。
只借助你们的坚持,你们背叛了
自己和属于你们的一切,你们,瞬时的
星光闪烁的实例；在堕落,落入
你们松垂的肉体监狱,成为
地球剩余的遗产接受人,祖母们,
人类部落的法定监护者。
如果所有**存在**金子般撒落在你们身上
你们难道不会喃喃自语,胸脯躲开:"不是现在"?

当他看着你的裸体,目眩欲盲。
你的乳房和腹部炽热
像一个偶像的腹部:男人怎能走入那团火中
又活着走出?"被灼伤的孩子怕火,"
他后来说,在火前烘暖他的双手。
最后——最后——他说有三件事确定无疑:
"**公狗**回到他的**呕吐物**,**母猪**回到她的**泥潭**,
被灼伤的**傻瓜**已包扎的手指颤动着回到**火边**。"

他部分的自我被部分的自我震骇了
就像在一块可怕牛排的
残渣、一点香槟酒旁边,他对你坦荡
承认:"从一开始
有一个小男孩爱着她的母亲,
有一个小女孩爱着她的母亲。
这个男孩长大了,爱上了一个女人,
这个女孩长大了,不得不爱上一个男人。
而这难道不是女人的问题?**男人**的?
这难道不是你成为现在的你的原因?
你为什么变成现在这样?"

       你说:"因为……"

当你和我一起穿过**爱的隧道**

或恐怖屋 ①——优惠价的一种——

一只大手,滴着血,拿着匕首,伸向你,

而你尖叫,它没刺中你,另一只手,

污脏,多毛,好色,伸向你,

于是你晕厥过去,而它没碰到你:当你醒过来,

虚弱地仰视,你说:"你有没注意到?

第二只手戴着一枚结婚戒指。"

愿**魔鬼**带着房子的屋顶飞离,在那房子

你我都不幸福,你,天使!

然而,新娘的面纱消失得有多快!

一个女孩在半空犹豫片刻

然后落地为妻,为母。

每天晚上一个疲倦的精灵造访

她整个房子;在一块写着女人和孩子优先的

垫子擦他的脚,丈夫看着

这成年女人。她穿着宽松裤子站在那儿

在现实世界的电器、女人们

和孩子们之中:迎吻他

---

① 恐怖屋,一种娱乐场所,里面有怪物及拷打或刑具等恐吓人的物品。

就像,那天早晨,吻别他,
他坐下来,读报纸,直至吃晚饭。
他们的家出没着一个女孩的
鬼魂。日落时,一只啄木鸟敲击着
窗旁一棵树,询问他们对
生活的看法。丈夫回答说:"生活就是生活,"
而当他的妻子从厨房叫他
他告诉她它是谁,以及他想要什么。
打蛋器搅拌着七只鸡蛋的蛋白,问她
她自己的想法;她说,"生活
就是生活。""怎么听起来是在说不是,"
打蛋器引诱她。"生活不是生活,"
她说。听起来一样。她把她的蛋糕
放进烤箱,满意
或不满意:听起来一样。
纠结的眉毛,关切那突然的皱纹,每晚
小心地缓缓地抚平,每天早晨
又小心地回来,她就此优雅从容活过一生。

但你应该在存在之上喷涌而出,就像
饮者叹息着从中啜饮的涌泉:一种黑暗源泉
闪着光,溢满每只杯子——杯子

被拿到阴影中的涌泉那里，在那里斟满，破碎。
你看着我们走出阳光，走出阴影，
斑驳多彩，冷酷无情，最后的人类力量。
整个尘世是迷宫，沿着其路径
你行走着，映现着：玫瑰手指，诸多乳房，
如以弗所的狄安娜①，撒开衣装，
在世界投来的睽睽欲目之前。
而今，赤裸地，在我门口，阳光之中
金手臂，白胸脯，粉红脸颊，以及黑色体毛，
你呼唤我，"来吧，"而当我来到，说，"走吧，"
温柔又矛盾的微笑……
      拥有如此事物的人
免于世界其他的悲伤。
当你在世时我多么孤寂：你的声音
抚我入眠，并在我的梦中找茬，
直到我在梦中咕哝："人是
找茬的动物。"
      而你说："谁说的？"

---

① 以弗所人相信月亮女神狄安娜（希腊名"阿尔忒弥斯"）哺育了所有动物和生灵，在他们的雕像中，狄安娜是一个有许多乳房的女子形象。

但成为,一如你已成为,我的幸福吧;
让我卧于你身边,每晚,像一把勺子;
当,我从我的睡乡启程,对你呻吟,
愿你的我爱你,让我再度入梦。
早晨时带给我,因其映照更灰白,
在你眼中臻于完美的天穹太阳。

洗　涤

在这样的日子
不会吹走的东西会凝冻住。
洗过的衣服耷拉在绳索上
在绝对的折磨中——
而当风停歇了一会儿
洗过的衣服有着崩溃的悲惨的
人皮麻袋的面容，如
米开朗琪罗在他的《最后的审判》让自己成为的
那样。①

它的极痛
发之肺腑，一如打喷嚏。

---

① 在米开朗琪罗的画《最后的审判》中，殉道的门徒巴多罗买提着一张从他身上剥下的人皮，这张人皮的脸是米开朗琪罗自己扭曲的脸。

当妈妈拧了一只鸡的脖子,
那身体东奔西闯
绕着院子转了一圈又一圈。
圆圈并非它自己所愿
但持续下去,仿佛永远不会停止。
它的身体的表达狂乱剧烈
无限
正如这声救命!救命!救命!
那眩晕的洗涤物向某人、**某人**尖叫。

但如同老母鸡们乐意说的,
世界并不胆小如鸡。
洗涤物栖息于一个
冷漠于洗涤的悲痛的宇宙,
一个世界——如洗涤物呈现的——
一个洗不完的世界。

老大师,新大师

关于痛苦,关于崇拜,老大师们
理解不一。当有人受苦,其他人没在吃
没在走路或没打开窗户——当众受苦者
看着那受苦者时没人呼吸。
在《圣艾琳哀悼圣塞巴斯蒂安》[①] 中
一支火把的火焰是唯一的光。
除了女仆的目光(她哭泣并用
一块布遮住)所有目光都落在他
柱子般胸膛上的箭杆;圣艾琳的手
以圣母的手势展开,
揭示,接受,她不明白的东西。
她的手说:"瞧!看哪!"
在她旁边,一个僧侣戴兜帽的头低垂,

---

① 拉图尔的作品。拉图尔(Georges de La Tour,1593—1652),法国画家,他的画主要为宗教画和风俗画,常以烛光作为夜景光源。

他的手在哀悼中扣合。
似乎他们还在看那支刺穿
耶稣身胁的长矛,其被钉在十字架上。
同样的钉子穿过他们的手和脚,同样的稀薄的血
混合着从他们身胁滴流出的水。
醋的味道被每一根舌头尝到,
舌头喘气呼告,"我的上帝,我的上帝,汝为何离弃我?"
他们看着,他们存在着,是世界的一物。

那么,更早些,在范·德尔·胡斯①的
《基督诞生》中,所有的东西,就像
罗盘的指针,指向闪光的婴儿。
此世不同的位置和大小:
天使们像小人儿,栖息在椽子上。
或者像蜂鸟在半空盘旋;
牧羊人,如此魁梧和粗野,如此朴素地崇拜着;
中等大小的捐赠者,他的小家庭,
还有他们大个的保护圣徒;圣母

---

① 范·德尔·胡斯(van der Goes, 1430/1440—1482), 15 世纪晚期最具独创性的佛兰德斯画家之一,擅长肖像画、祭坛画、壁画。

跪着，在她的孩子前敬拜；东方三贤
和他们的骆驼在山中——他们问路，并已在一个
下跪者身旁，指出正确的方向；牛
和驴，槽里两个头
比一个人头更大，也在敬拜；
即使供品，一捆麦子，
一个罐子和一杯鲜花，在自然的聚集中
也阒然静寂，当它们参与
自然世界的拯救。
此世的时间凝聚于
这一瞬间：远远地，在岩石中
你可看到玛丽、约瑟夫和他们的驴子
来到伯利桓；在长满草的山坡上，
羊群在吃草，牧羊人在那里惊奇地
指着那颗星；而未来岁月的
数百年，捐赠者，他的妻子，
他们的孩子跪着，看着：
曾在此世或将在此世的一切，被凝固于
它们渺小的、无助的、人类的中心。

过了些许时日，大师们在画布一角
展示耶稣受难：人们来看

重要的东西,来看不重要的东西。
新大师们随意画一个主题,
而委罗内塞被宗教法庭起诉
因为几条狗在基督足下玩耍,
地球是诸多星系的一颗行星。
而后基督消失了,狗消失了:最近的大师
在抽象的理解中,没有崇拜,
把颜色置于画布,一幅宇宙之图,
在里面,角落某处一个亮点
是那个被称为地球的放射性小行星。

田野和森林 [1]

当你从飞机上俯瞰,你会看到线条,
道路,凹槽,编织成网或网状——
人们行走之地,人们所做之事:生活的方方面面。

天空对农夫说:"你何以为生?[2]"
他回答说:"耕作",用一块田,
或者:"生产乳品",用一群奶牛。
从这高度看来,它们似乎是男孩的玩具牛。

从这高度看来,
田野[3]有一种可怕的单调。

---

[1] 贾雷尔在一封写给贝娜塔·奎因修女(Sister Bernetta Quinn)的信里解释说,这首诗关于"人的意识和无意识——我用田野代表意识,用森林代表无意识"。
[2] 原文"What's your field?"。
[3] 这里及上文用到的词"field"意义丰富,可做具象词("田地""田野")用,可做抽象词("领域""场域")用。这里也引向抽象。

但在浅色的小块土地之间，有深色的小块土地。
一个农夫与一个农夫分开
借助农夫们共有之物：诸多森林，
那些黑暗之物——田野从之开始的东西。
夜晚，一只狐狸从森林走出，吃他的鸡。
夜晚，鹿群从森林走出，吃他的庄稼。

如果他能够，他会把整座森林辟成农场，
但这不值得：它有些地方是沼泽地，有些是岩石。
有些东西你用推土机，甚至——
不是用炸药，也无法摆脱。
而且，他喜欢它。他作为小男孩时，那里有一个洞穴；
他现在那里打猎。那是一块荒地，
但把它变成任何东西（除了它所是的）
是浪费时间，浪费金钱。

夜晚，从飞机上，你看到的都是灯光，
几盏灯，房子的灯，车头灯，
和黑暗。在下面某处，在一盏灯旁，

那个农夫，赤身裸体，取出他的假牙：

他现在不吃。除下他的眼镜：

他现在不看。闭上他的眼睛。

如果可以他会合上他的耳朵，

事实上，他没用它们听东西。

很清楚，他舍弃了舌头：他没说话。

舍弃了他的胳膊和腿：至少，他没挪动它们。

它们蜷在一起，缩成一团，像孩子一样。

而他弃绝他花费了一生

获得的种种念想之后，

最终，他弃绝了这世界。

当你弃绝一切，什么东西留下？一个愿望，

一个盲目的希望；然而那愿望并不盲目，

那愿望想看到之物，它看到了。①

森林的中央是洞穴

而在它里面，蜷成一团的，是狐狸。

他站在那里看着它。

---

① 此句也可理解为："那愿望想要明白之物，它明白了。"

在他周围,田野沉睡着:田野做着梦。
夜晚,不再有农民,不再有农场。
夜晚,田野做着梦。田野是森林。
那男孩站着,看着狐狸
似乎,似乎他之前看得够久——

         他看着它。

或者是那只狐狸看着那男孩?
这些树不能分辨他们两者。

想起失落的世界

这满勺的巧克力味木薯粉
尝起来像——像花生酱,像妈妈叫我
别喝的香草精。
吞下这满勺,我已
穿越时间去往我的童年。岁月如斯
令我迷离。
   回到我的生命溪流初始
蜿蜒穿行的平静国度,此刻
我的妻子、我们的猫和我坐着而看到
松鼠在喂食器里争执,一只嘲鸟模仿
我们的花栗鼠的声音,一如我们的结束仿效
它的开始。
   回到洛杉矶,我们曾错身
而过的洛杉矶。**阳光大地**的阳光
现在是一种灰色薄雾,某个
工厂星球的大气:当你站着观望

你看到一两个街区,泪水奔涌。

橘园全被砍倒……我的弓

不见了,我所有的箭不见了,或折断了,

我的刀,深插在桉树中

即使老爹也无法将它弄出,

而树被锯掉了。它与树屋的

梯条和木板很久以前

都是可烧的柴火;它的灰色烟雾有维克斯药膏的

气味。

二十年后,三十五年后,

和以前一样好——比以前要好,

既然达达尼昂①不再变老——

只是难以置信。

我对年老的自己说②:"我信。我信不足,

求主帮助。"③

我相信恐龙

---

① 法国小说家大仲马根据真实人物查尔斯·达达尼昂所刻画的虚构人物,他作为主人公最早现于小说《三个火枪手》。
② 此句原文为"I say to my old self","old"可理解为"年老的",也可理解为"以前的"。
③ 语出《圣经·新约·马可福音》(9:24),原文为"我信!但我信不足,求主帮助。"

或翼手龙与粉红的狮身人面像结婚
并和印第安人生活在加利福尼亚
和亚利桑那之间那未被发现的王国,
那个疯女孩告诉我她是那个王国的公主——
她用狮子的眼睛看我,
硕大,金色,没有人类理解力,
当她从车后座扔纸团时,
我和她母亲开车载着她
从韦克罗斯的监狱到代托纳的医院。
如果我从马路收回我的目光
而回头凝视她的眼睛,汽车会——我会——

或者,但愿我有时能找回一个
晶体收音机,想必,我还能听到他们的主持人
给他们读大仲马或《惊奇故事集》;
但愿我在一些汽车博物馆找到
妈妈的深蓝色别克,狼奇的电车,
难道我不能在那儿被载送?石蜡被半掏出,
塔妮的上爪伸向它们——
而我那高大的棕皮肤的阿姨,从
他们的棚中走到我身边,对我耳语:"死了?
他们告诉你我死了?"

　　　　　　　好像你会死去!
但愿我从未见过你,再未
给你写信,甚至,在几年后,你
时时拜访我,如美人鱼穿上海豹皮
有着另一张脸,配上
另一个声音,也一刻也骗不了我——
那永远是你的脸和声音……一切都消失了,
除了我;对我来说,什么都消失了——
鸡的尸体在不断扩展的
圈中打转打转,一颗卫星,当
太阳落下时,那个科学家会从那里弯腰,
邪恶地俯瞰毫无防备的地球。

妈妈,老爹和丹丁还在那儿
在**快乐二十年代**。
　　　　　　快乐二十年代!你说
快乐九十年代……但没关系:他们是快乐的,
哦,那么快乐!些许年后,
任何时候都是**快乐**的,对于那些这样询问的人:
"这是第一次还是第二次世界大战?"
在一战和二战之间走着,我
听到一个男孩呼唤,既然我的胡须灰白:

"圣诞老人！嗨，圣诞老人！"不可思议，
让孩子们冲着你叫圣诞老人。
我挥手致意。此时我的手落在方向盘上，
它棕褐色，斑斑点点，指甲有脊纹，
就像妈妈。我的手在哪儿？我那白皙光滑的、
指甲嵌过的手？我似乎望见
一个穿网球鞋和卡其骑马裤的
形体两手空空，站在那儿；我空空的手
伸向它，我的手空空回返，
然而，我的空虚已换取它的空虚，
我在**失物招领栏间**
找到那**失落的世界**，我的灵魂在一个个世界中，
已记住它字迹模糊的灰色广告：
丢失——无。在无处迷失。

　　没有回报。
我，在幸福中，把无
握在自己的手中：没有回报的无。

新　诗

捡　拾

当我还是女孩在洛杉矶时，我们会去捡拾。
星期天在峡谷野餐后回家，
穿过橘园，我们会停在
已收获的青豆田，并捡拾。
我们，孩子们会玩闹着①拣一些青豆，
但是老人们，向它们弯腰，认真捡拾
就像我《圣经》故事书里的一幅画。

于是，现在，我认真捡拾，
弯腰去拣丢落的豆子。
我顺从地捡拾。如果我内心沉重，
它就带着它所持有的一切的重量。
多少次我和那个年轻人
午夜时分躺在田野上！

---

① 原文"in play"，也指"比赛"。

中午时，田野主人把他的衣摆

盖在我，他的女仆身上。"你还想要什么？"

我问自己，对自己恼火

但我在体内有充满希望和永不满足的东西——

一个女孩，一个成年人，咯咯笑，头发灰白的女孩——

喘息着说："更多，更多！"我不由自主地希望，

我不由自主地期待

最后一个人，皮肤黝黑，捡拾着，

日落时走向我，在田野上。

在最后的光中，我们独自躺在那里：

我的手溅出它们曾持有的最后的东西，

日子被压弯我的身体

压碎在我垂死的身体之下。当我在炉边

这儿，向我的汤勺弓身，我能感到

又没感到身体在压弯我，当我去捡拾。

跟大爸爸说再见

大爸爸利普斯科姆①,他扑倒他们后
扶起他们,因而"孩子们
不会认为大爸爸卑鄙";大爸爸利普斯科姆,
他站在护航者中,像人寿保险广告中的
直布罗陀岩石一样,
直到持球球员上来,而爸爸抓住了他;
大爸爸利普斯科姆,被"夜车道"②、
约翰·亨利·约翰逊③、莱尼·摩尔④
被抬到女人过道;大爸爸,他的三个前妻,
他的未婚妻和拉扯他大的祖父

---

① 格涅·利普斯科姆(Gene Lipscomb, 1931—1963),著名美式橄榄球防守锋线球员,被昵称为"大爸爸"("Big Daddy")。利普斯科姆从未见过其父亲,3岁时随母亲搬到密歇根州的底特律。11岁时,母亲在居住的社区被杀,他搬去和外公外婆居住。后来成为橄榄球运动员。
② "夜车道"(Night Train Lane),美国橄榄球运动员理查德·莱恩(Richard Lane, 1928—2002)的昵称。
③ 约翰·亨利·约翰逊(John Henry Johnson, 1929—2011),美式橄榄球运动员。
④ 莱尼·摩尔(Lenny Moore, 1933—),美式橄榄球运动员。

坐着五辆大凯迪拉克去他的坟墓；
大爸爸，他发现橄榄球足够容易，生活足够艰难
以致——在他的黄色凯迪拉克
最后一晚巡航巴尔的摩①后——死于海洛因；
大爸爸，他很害怕，他说："我大半生
很害怕。你看着我时不会这样想。
事情够糟了，我哭着睡着——"他的尺寸
让他尴尬，所以他得到小人们的帮助
又受到小人们的伤害；大爸爸利普斯科姆
已让那最后的持球球员——**死神**到他面前。

那个大块头黑人在电视里
观众们盯着他们——有时，那时几乎——
现在一片模糊；这时我们开始调台，
这不是电视问题，而是一种**网络困难**。
没有大爸爸，世界大不一样。
要不然会一如既往。

---

① 巴尔的摩（Baltimore），美国一座海港市。

奥格斯堡[①]崇拜

莫扎特,歌德,还有威灵顿公爵[②]
在德莱赫莫伦[③]度过一晚;我们也是。
威灵顿公爵在他床边找到了
两根香蕉和两块糖,像我们一样?
麻雀们吱吱,吱吱,吱吱,来要糖?

是否次日晚上,莫扎特沉睡,在世界
最高的尖塔旁——那时它没完工?乌尔姆的徽章
是一只嘴里叼着稻草的麻雀。
你可以在面包店买到,做成巧克力。

---

① 奥格斯堡(Augsburg),德国中南部城市,建于公元前15年罗马皇帝奥古斯都时代。那时的奥格斯堡是一个贸易聚集地。经济最繁华的时代则在15、16世纪。
② 阿瑟·韦尔斯利(Arthur Wellesley,1769—1852),第一代威灵顿公爵、英国军事家、政治家、陆军元帅、首相,19世纪最具影响力的军事、政治领导人物之一。因在滑铁卢打败拿破仑而闻名。
③ 德莱赫莫伦(Drei Mohren)系酒店名。

是否歌德在鹅卵石中,看到标着
SPQR[①]的罗马井盖?因为那些
字母的气息,元老院和民众
为我们而活着,像麻雀一样执着
吃面包的猫儿们潜行于罗马的废墟。

旅行者,我们来到罗马、乌尔姆、奥格斯堡,
为崇拜某物:石胸哺育的孩子,在一只石牛、
石驴、一只在马槽筑巢
有血有肉的麻雀旁。三王为他
带来石头,石头,石头,麻雀
衔来一根稻草。岁月侵蚀了石头。
但那只鸟把食物塞进
垃圾窝里恳求的嘴,完美就像
孩子首次谈及莫扎特、歌德
和铁公爵[②]:若是你们的父不许,
一个也不能掉在地上。[③] 他们已掉落
而麻雀还没掉落。奥格斯堡、乌尔姆

[①] SPQR:"Senatus Populusque Romanus(元老院与罗马市民)"的缩写。
[②] 铁公爵(the Iron Duke),前文提到的英国首相威灵顿公爵的别称。
[③] 语出《圣经·新约·马太福音》(10:29),原文为:"两个麻雀,不是卖一分银子吗?若是你们的父不许,一个也不能掉在地上。"

衔着稻草的麻雀,就其完美性
与罗马和拿撒勒给巢穴带来稻草、给
幼鸟带来食物的麻雀并无分别——
绿色**会议广场**①的麻雀是家乡的麻雀。

---

① 会议广场,古罗马城镇的一个广场。

猫头鹰的睡前故事[①]

从前有一只小猫头鹰。他
和他的母亲住在一棵空心树。
冬夜,他会听到狐狸们嚎叫,
他会听到母亲的呼唤,会看到
月光在雪地上闪闪发光:
多少次,当他独自坐在那儿
他多想有陪伴!他会踮足站立,
凝视着森林,寻找他的母亲,
而听到她远去;他会望着下面
而看到兔子们相互玩耍
而看到鸭子们一起在湖上
而希望有一个姐妹或兄弟:
有时他感觉心似乎要碎了。

[①] 这首诗出自贾雷尔的儿童故事《夜间飞行》,采用三行诗节(terza rima)的押韵法(aba, bcb, cdc…),中译未跟从。

时光流逝，缓慢，无聊，疲倦，
他会观望，睡一会儿，然后醒来——
"回家吧！回家吧！"他会想；而最终她
会回来，给他带来食物，而他们会睡觉。
白天外面亮闪闪，光线中那讨厌的
声响，让猫头鹰醒着的叫喊声
和鸦叫声，持续着；而，在光线暗黑处，
猫头鹰和小猫头鹰在筑巢。但有一天，
在他晦暗的梦，温暖的梦深处，他仍看到了
一只白鸟，在白树林上空飞向他。
这大猫头鹰翅膀舒展，鸟喙明亮。
他对小猫头鹰耳语："长时间以来
你都很乖，你一夜又一夜
独自等待。我们已经理解；
你将有自己的妹妹，
一个和你玩的朋友，如果现在，你
从暖暖的巢飞入那个太阳照射
严酷未知的世界。"光线从明亮的天空
投落，小猫头鹰终于醒来。他听到
很远，很远一只小猫头鹰在叫。
阳光在湖上方那棵折断的
橡树上闪耀，当他看到那棵树

小猫头鹰感到阳光在说话。他听到
它低声说:"来找我!啊,来找我!"
外面的世界寒冷,艰难,光秃秃;
但最终小猫头鹰,不顾一切地拍翼,
在裸露的空气中飞出,
蹒跚地,踉跄地飞到下一棵树
最近的一根树枝。那根稳稳的树枝,
对他来说多舒适!在那棵绿松上,
多么平静,多么阴凉和黯淡!
但他又一次飞进了阳光——
穿过不友好的白昼的骚动,
一棵树,又一棵树,沿着白色的湖
湖岸的线,他笨拙地飞行。
在那棵橡树底下,他看到了雪地里
一只死猫头鹰。他飞到它躺着的地方
一切寒冷而寂静;他惊恐地看着它。
而后,是什么发出凄凉的叫声——
在他头顶橡树的巢中,坐着
一个小猫头鹰。他想:那个巢太高了,我
永远也到不了。"来这儿!"他喊道:"来这儿!"
但那小猫头鹰躲起来。所以他要尝试
飞起来——最终,当他靠近并停

在鸟巢下时，他气喘吁吁，

而她俯视他。她的脸，亲切动人，他的

妹妹的脸，这是他生命中

最幸福的时候。很快，这两只鸟儿

交了朋友，他们开始回家。他竭尽全力

帮助她：她东摇西晃，跌跌撞撞，飞了起来，

从树枝到树枝，他在她身边扇动。

阳光闪耀，狗吠着，男孩们喊着——他们继续飞行。

有时他们会休息：有时他们会滑翔

长长一段距离，从一棵高树到一棵低树，

那么平稳——他们感到多惬意，

多老练！然后，雪景中有一片黑色，

一些乌鸦嘎嘎而来，丑东西！两只聪明的

小猫头鹰像田鼠端坐，当一只大乌鸦

飞过，一根大树枝远，他们闭上眼

看上去像雪团。而到夜晚，

猫头鹰的朋友来了，他们看到月亮升起，

而在那里，母猫头鹰，在月光下

飞向他们。她看上去多强壮，多美好，

多亲切！"妈妈！"他们欢呼。

然后三个坐在那里，就像我们坐在这里，

紧紧相依，说着话——最后他们
飞回家，到那个巢。整个晚上，母亲都会出现
带来好东西，然后消失；而两个小家伙
会吃，吃，吃，然后他们会玩耍。
但当妈妈来时，妈妈明白
他们有多累。"天快亮了
每只猫头鹰都该待在自己的窝，"
她对他们温柔地说；而他们
觉得他们累了，就贴近她休息。
她张开翅膀，他们依偎在她的胸前。

一个男人在街上遇见一个女人

在银杏树稀疏的叶影间,在那基本没变
而比任何现存之树都更
久远的老树的影子间,我走在
一个女人身后。她的头发粗而金黄
由它骑乘着的太阳光纺成。
女人们拿着赏钱用甜香槟酒来编织
她的第二皮肤①:它缠绕着又展开,缠绕
她的长腿,悦人的臀部,
当她摇曳着,在阳光中,走上凝视的通道。
被称为"少女头发"②的树的阴影,
无疑不为人知地
恣肆狂野,斑驳地投在她用法式缠卷
盘成的、美丽或近乎美丽的头发;高挑或近乎

---

① 指衣服。
② "少女头发"(Maidenhair),银杏树的别称。

高挑，
  她走在雨洗过的空气中，一个明亮之物踩着
  高跟鞋惬意而走，对男人来说
  不可思议……既然我可以呼唤她，而斯万①不能，
  一个有着熟悉的温暖、新奇的
  温暖的女人，属于我喜欢的类型，我跟随着，
  这种类型的崭新范例，让人
  想起洛伦兹②刚孵出来的小鹅们是如何
  把鹅蛋的最后残余抖掉
  又，看着洛伦兹，认为洛伦兹
  是它们的母亲。嘎嘎叫着，他的小家庭
  处处跟随他；而当它们遇到一只鹅，它们的
  母亲，却惊慌地跑向他。

  叠印在我心中的是那个
  我朝着它奔跑的形体，那个甜蜜的陌异的
  令人惊叹的轮廓，它对我呼吸："我属于你，
  让我拥有你！"
     跟随这新鲜的、

---

① 斯万，普鲁斯特小说《追忆逝水年华》中的人物。
② 康拉德·洛伦兹（Konrad Lorenz 1903—1989），奥地利动物心理学家，鸟类学家，1973 年诺贝尔生理学或医学奖得主。

莫名熟悉的身体,这年轻的、莫名成熟的形体,

有一刻我更年轻了,这世纪更年轻了。

那兴致勃勃的施特劳斯,他的胡子刚刚变灰,

对演奏者们叫喊:"大声点!"

大声点!我还能听到舒曼-海因克夫人①的声音——"

要么,这白发、秃顶的老头快乐地

告诉指挥家要像《仲夏夜之梦》——像

仙乐一样演奏《厄勒克特拉》②;

普鲁斯特,弥留之际,吞下他的冰啤酒

并根据他自己的经验

在校样中改变贝戈特③的死亡;嘉宝④,

一个被派去巴黎的委员,正用心听着

那个声音讲述麦吉利库迪如何遇见麦吉利弗雷,⑤

而麦吉利弗雷对麦吉利库迪说——不,是麦吉利库迪

---

① 舒曼-海因克(Ernestine Schumann-Heink,1861—1936),奥地利著名女低音歌唱家。
② 《厄勒克特拉》,诗人霍夫曼斯塔尔编剧、作曲家理查德·施特劳斯(Richard Strauss)谱曲、1909 年首演的独幕歌剧。
③ 贝戈特,普鲁斯特小说《追忆逝水年华》中的人物。
④ 葛丽泰·嘉宝,好莱坞巨星。
⑤ 在一部嘲讽苏联的美国喜剧电影《妮诺契卡》(*Ninotchka*,1939)中,葛丽泰·嘉宝出演俄国特使妮诺契卡,这里两个发音相近的人名,出现在讲给妮诺契卡听的一个笑话中。

对麦吉利弗雷说——即是说，麦吉利弗雷……嘉宝

认真地说："我祈望①他们从没见过面。"

当我走在这女人后面，我记得
我在这里飞奔之前——拂晓在森林
被《鸟儿们开始了一天》那曲调唤醒，每一天，
鸟儿们鸣唱它而开始了一天——
我希望，如人所希望："愿这一天非同凡响！"
这些鸟儿希望，如鸟儿所希望——一遍遍地，
以一种最终的坚定，强烈，真实——
"愿这一天一如既往！"
　　　　　　　　　啊，向我转身吧
凝视我的眼睛，说："我属于你，
让我拥有你！"
　　　　　　我的愿望会实现。然而，
当我们的眼睛相遇，它们会把
一个人的重量，带入我纯洁愿望的
失重中：某个会帮助或伤害的人，

---

① 原文"vish"，电影中嘉宝本想说出"wish"，但发音不准，发成了"vish"。译文有意将"希望"音变为"祈望"。

某个对我好、要对其好的人

某个当我气恼她不喜欢《厄勒克特拉》

会哭的人,某个一起研究普鲁斯特的人。

一个愿望,得以实现,就是生活。我有我的生活。

当你转身你的目光掠过我的眼睛

而在你脸上那轻如叶影快似

鸟翼的神色一闪,

因这世界上没人完全像我,

只要……只要……

　　　　　　　那已足够。

但我已伴装得够久:我走得更快

而靠近,用我的指尖触碰

她的后颈,就在金色头发中止

而香槟色裙子开始之处。

我的手指触及她,如银杏影子

触及她。

　　　　因为,毕竟,这是我的妻子

穿着一件从波道夫① 买来的新裙子,向公园走去。

---

① 波道夫(Bergdorf),百货商店名。

她叫出声来①,我们互吻,臂挽着臂
走过对纽约来说过于美好的阳光,
我们在森林中的家的阳光。
寂静,然而,可怜的事物需要它……我们不需要
着手研究普鲁斯特,不需要互问相关施特劳斯的
东西。
多年以前,我们开始相互帮助,相互伤害。
在如此多的变化和重复的快乐之后,
我们首次困惑的、超越的认知
是纯粹的接受。我们不能从我们的愿望
来辨认我们的生活。我真的开始了这一天,
不是以一个人的愿望:"愿这一天不同凡响,"
只是以鸟儿们的愿望:"愿这一天
一如既往,是我生命的一天。"

---

① 此外原文为"cry out",也可理解为"哭出声来"。

自动钢琴

有天晚上我在一家煎饼屋吃煎饼
它是一位与我同龄的女士所开。她很快乐。
当我告诉她我来自帕萨迪纳市 [1]
她笑了,说:"我住在帕萨迪纳市时
胖子阿巴克尔开着埃尔莫利诺巴士。"

我觉得我遇到了来自家那边的人。
不,不是帕萨迪纳,胖子阿巴克尔。
那是谁?哦,我们有共同之处
像——像——虚假的停战协议。钢琴重奏着。
她告诉我她的店在密西西比东部

是首家煎饼屋,我给她看了
我孙子的一张照片。回家——

---

[1] 帕萨迪纳市(Pasadena),位于美国加州。

回到旅馆的家——我开始哼歌,
"笑一笑,我向你悲伤道别,
当云朵飘回时,我会走向你。"

让我们睡觉前,梳一梳头发,
我对在镜中的老朋友说。
我记得,在我妈妈把头发剪短前
我是怎样给她梳头的。离我撞到我的
尺骨有多久了?我膝盖上有块疤痕?

在一张照片中,有母亲和父亲,
父亲抱着我……他俩看起来多年轻。
我比他们老多了。看看他们,
两个宝贝和他们的宝贝。我不责备你们,
你们还没大到可以更好地了解;

但愿我可以回去,在你们身旁坐下,
签署我们真正的停战协议:你们不该受责备。
我闭上双眼而有我们的起居室。
钢琴在弹奏肖邦的某首曲子,
而母亲、父亲和他们的小女孩

聆听。看，琴键自己落下！
我走过去，伸出我的手，弹奏我弹奏①——
要是我，莫名地学会生活多好！
我们仨坐着看着，当我的华尔兹曲调
在我的手指半英寸之外自己演奏。

---

① 原文此处为"play I play"，可理解为"玩耍，我玩耍"或"游戏，我游戏"。这一句意蕴丰富，指向童年的内容和本体（"play"）。

选自《给一个陌生人的血》

(1942)

必定是?

必定是!

必定是![1]

---

[1] 原文为德语"Muss es sein?/Es muss sein!/Es muss sein!",出自贝多芬的《F大调弦乐四重奏第16号》。

在铁路站台

得到报酬的搬运工绽露他们的笑容,
葡萄树递来一张名片,而气候从浴者的
太阳,转为滑雪板的冰,
不能隐藏这些——旅程就是旅程。

而,抵达或离开,"我要去何处?"
不,目的地几乎不冷漠,阴影
从我们的海滩投向战栗的仇敌,
我们观望之时脸庞消逝,而黑暗

不,目的地几乎不冷漠,阴影
从我们的海滩投向战栗的仇敌,
我们观望之时脸庞消逝,而黑暗
从旅行者那里吮吸他那疯狂的吻。

泪水在酝酿;而离开者跌倒在无车轮

折返的铁轨边,在指示牌旁,牌名
不指示什么,意即:可以转车即转车,你
旅行于世界的某条道路。

而泪水滑落。我们留下的,我们会永远留下:
时间没有旅行者。旅程并没终止于
我们想要的目的地。而所有未来的
陌生人移过他们无助的凝视

经过困惑的旅行者——旅行者无法理解
他们已回归明日之城,而
整夜游荡,穿过那些未建的房屋
且从陌生人那里得到他们的无意之吻。

1938年：维也纳树林的故事

在那垂死孩子的森林里那些倒影
炽热，未教化，开始战栗于食人魔的
足迹，食人魔是夜晚，又友善。
我们不动：叫声旋即中止。

原子不再守恒[①]；湮灭
是不情愿者的明日。专横的翅膀
朝卑贱者舒展，后者接受一种
终极如睡眠的统治；而华尔兹舞曲

高高拂过，被猜想并消失于人群上方——
人群将为白昼而荣耀，而在那晚发现那
笨幽灵的腔室没有空气，那幽灵
已迷途，整夜痛哭："我已迷失我的路——"

---

① 原子守恒指的是化学反应中、反应前后的原子个数不变。

因为他已失明。什么眼睛会错过道路?
看,看! 通过骨头的信号,梦
在贝壳树林的空地,而死亡的手段
显现于众生灾难,死者,经过

条条道路,朝着铁河,在
长长的壮丽中行军,他们的凝视
投向破碎的未来。谁听到那
失明的幽灵痛哭:"我已没有我的路"?

一首小诗

整个晚上我在子宫中听到那些故事。
我的兄弟是一条鱼,开始了,"哦,鱼!"
而我聆听,直到我的鳃开始掉落。
黑暗中我那猪的目光平视
湿暖的环境,我的四肢已成熟,我的智慧
是流于主枝的血。"此时我已成形,"
我对我兄弟说,他说:"我什么也不知道。"
因而我首先跌入了这时间的水槽。

世界的词像黄油在我的舌上生长,
我对我兄弟叫喊:"噢,回去!"
孩子的鱼,海里的猪
比我知道更多……但自从他也出生以来,
我不再说话。我对那只哑耳朵
说出我有意说的首个谎言:不是最后一个。
我看到的多于我以智慧携带的

我听到的多于我有意听到的——
一只手放在我身上,不是我自己的手。
我看到,我说,我没看到,我的心
因流血而沉重,我听到,我说我没听到。

我的兄弟拍拍他粘泥的膝盖
一个无声的愿望发芽,变成妻子们,一所房子
在那里,孩子们烟雾般缠绕着
圣诞夜爆米花噼啪响的火炉。
他的胡子满是油和诚实的手指,
新娘们在他围毯般的肚皮上蹦跳,
而他快乐地注视一只驼鹿的脑袋

在所有东西中,婴孩们把它
混淆成墙上的爸爸。哦,他的"是的"
是人们的希望,时代叫道:"让我们的父亲
睡觉!"
我消瘦的妻子像一把尺,躺在我身边,
我的孩子戴着帽子,坐在我的角落,
黄油在我未爆的玉米上变硬……
我对着我空荡荡的广场,哭得像滴水嘴,
我说,"你,说话啊!"我的兄弟微笑着,

而我看到**虚无**在他的眼睑引诱，
心在他那涂油的胸腔中，无言如**时间**，
而他的头骨裂开，满是徒劳的血。

"肥胖,衰老,那孩子紧贴她的手"

肥胖,变老,那孩子紧贴她的手,
她坐在空荡荡的演奏台旁,
凝视,低语,对着忍耐的孩子
看不见的缄默形体。

因而它们都对你低语——你露出乡野的微笑
默然聆听;在花边之下,那些
被教过的名字——曼特农①,蒙特斯庞②——
你仰起悲痛的、无言的脸。

火焰旋起:时间,而脚手架
像黑幽灵飘过一片更晦暗的荒地——

---

① 曼特农(Maintenon,1635—1719),即弗朗索瓦丝·德·奥比涅,常被称为"曼特农夫人",路易十四的第二任妻子。
② 蒙特斯庞(Montespan,1641—1707),即弗朗索瓦丝·阿泰纳伊斯·德·罗什舒阿尔,蒙特斯庞侯爵夫人,常被称为"蒙特斯庞夫人",法国国王路易十四最著名的情妇,与路易十四生了7个私生子女。

被毁坏的露台,护城河下的苇草,
察觉某个潜水者凝视的扭曲的脸颊……

因而,那溺水的球因她皱起。
非人性,像月亮,一个震惊的梦,
过去某个破碎的、暴食的图像
沿大海的边缘翻滚。

可怜的沥青质!以蕨为墓志铭。
诸国王走过,马头上打盹——
多少英里的皮革、骨头、头发、
红锈和粉血,我一无所知……我们曾经

被树木的精灵们庇护,还有破碎的葡萄,
那头老熊,谦卑,犹豫——这些,于我们
曾是无意义的图像;我们跌倒,我们跌倒。
瓦斯,机关枪纵射广场,

炮弹撕裂的帐篷——这里,某架被击落的轰炸机
燃烧,在探照灯拉长的扫射下——
我们的时评员们在此;在滑翔的火焰下,
无形体,戴面罩,你的眼睛在玻璃中,

你冷酷凝视我们;当岁月擦过,
你惊骇于我们——你仰起头,
失明,耳聋,因绽开的烟而不适,
又快乐地大笑。啊,时代之王!

献给西班牙被杀者的诗

尽管船桨正击碎夏季河流的
无气息者,芦苇丛中的脑袋
有它自己的胜利;但时间从血中的
头发溢出,已耗尽的心

喘息,"我和快乐在碎裂——"而快乐
以鲜血洒满狗儿们吠叫着的
艰难田野。"我不愤怒,"
狐狸想。死亡也不愤怒。而明亮夏天的

树叶对快乐太新嫩而不会
认为它们的朋友在死去,它们的耳语
不耐烦,而令人屏息,渴爱
那个世界的歌,那个世界没有死亡。

冰　山

压力在重压时用东西塞住呻吟；
生物要有空气才能悲泣；这儿绝无空气。
血颤抖，它们的眼睛寻找光，
血愤怒，它们的耳朵寻找声音。
（黑色在较低的海面上沉默。）
这些用它们的手观看；而它们的手已冻僵。

无法猜测它们如何感觉。它们的
生命对我们是死亡：借助它们感觉为温暖的
光线，我们从我们所见之物
推断出的，是我们言及而不能想象的东西。
管道给钢甲虫光亮，一条线带来空气：
他的天真没有被忽视。

"任何终结毫无征兆，"潜水员打电话告知。
"运动已不可能，而生命

以我们的标准衡量已湮灭:这绝境
没有空气、热量、食物或光线。"
死亡萦绕他:山峦被海洋挤压成诸多脸庞,
以千种人类表情裂开。

它们刚毅地皱眉:困惑又恒久的凝视,
沉默又僵直的严厉(伟大的**必然**
猛跺大海诸多眩目的脸庞)——
"是什么?什么?"潜水者思索,绝望地,
酩酊于他的下降产生的诸谜团,
那病态暧昧的海洋智慧。

他被拉回,血液沸腾,疯狂眨眼,
让空气中的嘲笑重重绊倒;
思绪疾奔,像高耸于空中的
冰山峰顶融化的水。
腐烂的花朵疯狂,因炙热而多样,又
冰冷地笑:夏天的奢侈,星星的奢侈,

星星在空气、冰面、海面上半亮;
和缓的阳光在空气中雕刻
技能,传奇,文化——一种道德!

潜水员（在其死前）可以裁断
空气有意的机智的邪恶，
大海无知又无助的邪恶。

"因为我，因为你"

因为我，因为你，
发生的事情，多于我所知：
星辰的膨胀，邪恶的不讨喜的
老姑娘们——和**母亲**
那即时而连续的并置的引爆；

单一的蛋白质，抽象的细胞，
精美，工业化，
生长脚足和肥肉以免于在
内陆空气坠落或始终感受
冰海限制性的冰；

过分瘦长的流产的父亲们
在我们面前设计出其胜券在握的人生
又嘲笑精算师们的结局；
鄙视，逃避，或忍受

新病毒，那独一无二的星；

机智，突变，大胆，
又从不踌躇①，因为他们知道
他们的血比我们意味更多，而此刻：
不稳定的野性的②暗示，来自
一种更明智的言辞和一张陌生人的脸。

---

① 原文为"faltered"，其又可表示"蹒跚而行"。
② 原文为"haggard"，其又可表示"憔悴的，形容枯槁的"。

1789—1939

一个人,因眩晕而恶心,
一种感性,残忍如大拇指。
甚至白痴们也握着他们的勺子,
轻敲,呼叫:大变革已到来。

血粘在盘碟上;
刽子手占据了法官的席位。
智慧因暴力而窒息,
一个个脑袋只能摇摆不定。

必然性像一个木偶
猛然摔在尘埃;针织者们哈欠连连
或拿着已被血湿透的纱线
在躯干前——那个头像狗咧嘴而笑。

召集众军团!那畸形的孩子

理性所生，**时间**的绝望，一度
宛若偶像跨过
闪烁着他的鲜血的条条街道，——

爬向长久的鼓声，疲倦
不堪，疲倦不堪，抬起他巨大的头
以无助又渐暗的眼睛
望见立于拷问者中间的暴君。

道路和人民

风暴言说了什么？树木祈求之物，如
它们能试图祈求。我是死者之王，
英雄对他赢得的战场激越宣告。
而这，也所言非虚。没人听到他。

而智慧多样——那些，甚至有才智者
也能理解，如果他们想；爱是爱
趋近又趋近的界限。而在那些洞穴中
极瘦的挖掘者捡起陶瓷碎片，

她爱它胜过爱我们所有光辉。在它上面，那只豹，
赭石画成，没用透视法，在它自己的
千年之后，平静完成死者
在那个黎明、在它的鹿群中迅捷的凝视。

记住,每一杯空气都有它的矢量①,
而长得不好的幼苗总能说:
也许如此;我当然变动着;
而正是你,正走在巨风的道路——

而它知道,它所说的,永远被当作
森林小矮人们对垂死的闪光的处女
和她奇异棺材上的玻璃
无助的爱——简单的应答。②

---

① 此处原文为"vector",其有"航向""矢量""带菌者""载体""传病媒介"等多种含义。
② 这里的相关意象出自童话《白雪公主》。

难　民[①]

在那破旧的火车，没有座位空置。
　　戴着裂开的面罩的
　　孩子在昏睡车厢的荒凉中
安然摊卧。他们的平静是否奢侈？
　　他们像你有着脸容和生命。他们拥有的是什么，
　　他们愿意以之换取这样的东西？

干燥的血液在那孩子面罩边闪烁，
　　昨天他拥有一个
　　比这个更受人欢迎的国家。
　　是吗？火车整晚无声移动

[①] 本诗按"六节诗（sestina）"的格式（同时截掉最后两节及诗跋）写成，以"vacant（空，空置，空荡）""mask（面罩）""waste（荒凉；荒地）""extravagant（奢侈）""possessed（拥有）""this（这，这样）"6个词作为诗行结尾词，遵循六节诗的格式交替。中译未遵循其格式。

驶入一片荒凉。那些脸空虚茫然。
他们中没人觉得这代价过于高昂?

他们怎能这样?他们给出他们拥有之物。
　这里所有的钱包空荡荡。
　而除此之外,还有什么能愉悦
孩子奢侈的眼泪和愿望?
　把除去的可怕面罩强加于
　他们消耗的日子、脸容和生命上?

他们的生命还是什么,除了是一次旅程
　去往死亡空茫的满足?而他们今晚
　穿过他们的荒凉所戴的面罩
是死亡的预演。在他们的脸上阅读是否
　真的过于奢侈:我们究竟还拥有什么,
　我们不愿意以之换取这样的东西?

"被吊死的人在绞架上"

被吊死的人在绞架上,
被火焰温暖,以露水为食,
如果可以,他会用每一口气来呼唤:
"但愿我仍然像你一样!"

事实上,他悬在那里,没有呼吸
当世人经过时沉思
世人说过又疑惑的话:"要不是
上帝的仁慈,我也是这个下场!"

然而他嘴里塞满了金子:
那里在人死后
为死者贮存生者
不曾期待或猜想的东西。

"牛在裸露的田野徘徊"

牛在裸露的田野徘徊,
它的缰绳垂悬着,漫无目的,——
黑人坐在灰烬中,
凝视着猫,哼着歌,——

他们灰色的身影,被雪蒙住,
也许,在窗外的星光中,
在太阳已锈蚀的那个时辰,
在他们所知的唯一法令中安身——

这些,是心灵国度的居民。
或仅是心灵的行进。
但仍然,是心灵给予心灵之物。
立于彼处,熟悉,残忍而顺服,

几棵树,凝胶状,常绿,

敷粉而铅一般，嘎吱响于某人年龄的雪——
即，心的老化，漫天的雪——
言说，躬身，如此茫然以至于似乎是

一个梦的饥渴图像。
于是我召唤他们，从古老的黑暗
进入这木房间，滴水又温暖，
为你合唱他们糟糕的咒文

因为我了解他们真实的生活方式。
而我该如何让你，一个身覆青苔、满脸胡须、
在圣诞夜吃饱的悲伤父亲
在骄傲和至福中呼喊：啊，孩子们！

"当你和我是所有"

当你和我是所有,
时间有其抖颤之手,秋叶
长长地铺展,雪
在电线和细枝上凝重;
沿着回响的道路
我们踏石的脚步是幸运的;
而,在我们的拥抱中,
人的意图和怜悯
晕眩穿过爱的苛求之日。

乞求骨头的叫化子拿着杯
也许在所坐之处咯咯响动
而在爱貌似丰满的地方,
每个肢体或外形尤显消瘦;
他们布满小洞的、剥落的砖块 ①

---

① 原文为"brick(砖块)",其有一义表示"心肠好的人",而下文的"marble(大理石)"又可表示"冷酷无情"。

因我们的雪宛若大理石;
盲人的手杖,稻草人的棍子
朝我们耳朵弄出活泼的声响
像鸡腿 ① 对孤儿下巴。

除了吸吮我们迷人睡眠的
甘泉,我们该如何
修复或祈望?
"山脉像麻袋一样延展,
他们受困的四肢因雪而懒洋洋,"
旅行者们写道,他们没猜想
我们就是他们目睹之物。
而我们,什么脚步,什么吻可以唤醒?
我们的世界和睡眠是一次拥抱。

因而当我们的时代被告知
去搅动,去言说,去往下凝视,
在我们前所未见的景象中
我们看到的多悲惨!
我们几乎没见到爱,我们目睹

---

① 原文为"drumsticks",又有"鼓槌"一义。

没人命名的世界;
所有的黑夜或天真或鲜血在其
最糟糕的睡眠中患病,我们注视
那睡眠被白昼终结和赞美。

爱那迅捷之舌可塑形之物,
爱那无耻之手可修复之物,
我们无心追寻;我们自己的行为
浸透了行为的共同结局。我们
在人脸中认出我们的脸
因而长芽的内疚;我们去改变、
去祝福、去滋养的意图,变得淡薄
直到我们畏缩的目光
反而闪亮去赞美睡眠和死者。

毛巾和大口水罐
经我们首肯擦掉了血;我们的吻
是顺从,但我们深知
厄运仍会降临,如果它
潮湿的裁决无情。我们或许
会对法官们结结巴巴,"你们

也被那罪行收容和滋养;
而究竟是谁听见但又是
它的帮凶和世界的共犯?"

机器人

在树林的炮兵阵地,
被洞穿的水管旁,我卧躺而泣。
我听到风穿过鼓桶
或留在机油的沼泽里,呻吟。

既然我是幸存的,我言说;
既然我是我,我签字;
次日我撕毁条约。
那一夜我看到死去的人们

带着篮子穿过黄色树林。
夜的意志愈发尖锐,而一声呼号
或垂死的低语将我唤醒;
当我爬过,微弱的风

顺着电线,断续地耳语。

有人在笑,有东西闪着光;
一些尸体堆挤在
那里,被凸圆的月褪色,

一具尸体被电线悬吊,
似在冥思某个命令,他戴头盔的头
垂得太低,擦着绑在
他胸前那穿孔的遮掩物。

一个巨大的形体,在他们中升起,
奴隶和被杀者的残余,
它无感知的肢体等待着
死去的人们吹牛的话语——

未被征服,永不枯竭,
一个世界的渴望的精神,面对
那个世界的审判
投入吞噬世界的火焰——

它不问是非,冷酷无情,
在被毁灭的萎靡死者中,
在血腥的战场上方
仰起非人又有力的头颅。

"在绚丽的首都们上空"

在绚丽的首都们上方,
午夜刺目的空中
穿越标志物、飞机和塔尖
图示的群兽战栗而过。

爱在烛光的世界,闪烁的
时间球体,耀亮
如泪滴,持续于
睡眠那不可爱的眼中;

但爱趋近自己的快乐梦魇,
因爱抚而润湿,于是
爱和虚无拥有黑夜
诸多张口结舌的城市。

基里洛夫[①] 在摩天大楼

某种东西在我脑袋里啃咬
它改变我看到的一切:
一个懒散多云的时代,
一个野蛮场景的宝藏,——

是什么利用乌鸦那恶意的表情
或疼痛如一首歌的关节
以显示即使一只眼也能拥有的
无目标的尊严和悠闲?——

扶手边那些脸庞,被
他们的凝望感染,同样野蛮地

---

① 基里洛夫,陀思妥耶夫斯基小说《群魔》中的人物,他信奉所谓的"人神"(或"无神论")思想,将自杀视为人生的最高理想和成为"人神"的必经之路。他认为,世人热爱生活是一种骗局,只有敢于自杀者才能识破这一骗局;谁能战胜痛苦和恐怖,把生死置之度外,他就能成为新人,成为"人神"。

怒视,仿佛他们已建起
另一个伊甸园,而一只果子

从我们这里劫掠我们获得的知识。
对此人而言,善恶之物
随即缩减为一个玩偶,太迅疾
而不能抓住一扇窗的凝视?——

他的爱,他的母亲,扫视着他们——
太快了!太快了!在他们的时辰,他们凝望
一个瞬息世界的瞬息——
死亡命运如鲜花绽放。

"天空之上,那颗星等待着"

天空之上,那颗星等待着,
在夜晚大海一域
潜水员们艰难行进;但深隐于阁楼的
形而上学者的微笑在消逝,
女仆似乎无意揭开她的神秘。
他们的快乐的绿泉和狂热
被某种别样的应力或时间所减缓,
伟大的年份像一桩悬案
在每人体内打着唿哨:是你?是我?

而穿过首领们的世界、像某颗著名心脏搏动的
未来,因为他们的爱的宣告
从展开的染料
像花朵旋转的那些英雄结局,
闪耀如电影——现在都没
把一种冲动借予现实的缔造者;

在喷出物中,晶体,一个个,奇妙无比,
未来已如孢子搅动,
朝我们难以置信的凝视竖起

未知的器官,那些在长久的
爱抚中弯向我们的触须。

冬天的故事

风暴在困惑的田野演习
其普通逻辑；那些扭曲或冷静的
脸庞耗尽它们的怀疑，或口吃着
那些错误的语句。夜晚降临。在亮灯的
教室，娇嫩的客人们塞满
他们精巧的无知，对着教授的颔首
复述死者口齿伶俐的
疏离的回应。诸多急切的长廊
预先汇集于众大厅，
在那里，在宣布的时间，美丽者、
能干者、有趣者耐心地开始
他们的天资的恒久吟诵：
世界之歌。诸多仪器给披毛皮的邪恶者、
赤裸的好奇者，呈献
它们偏颇又过量的知识；在套房这里，
在谷物、避孕药和纺织品中，或在

塞满报纸的木板洞穴,那里
一个完全二手的空间,开始,
坚持,又湮灭,细胞们混乱又放纵的反应
那令人生畏的范围①;
在所有无尽的变异当中——环境的,
补偿和过度的变异,华尔兹旋律战栗,
我们的神魔不充分
又最终的审判,轻浮,无情。
沿着广告牌极乐闪烁,
吗啡般偏颇,席展的②大陆的
终碛③,一种悲哀的日历。

我们,高效如一种新病毒,
占据了这世界;我们,从世界上的种族、
物种和文化,分出待清除的次等物,
待清理的愚蠢族群,待吸纳进
我们的毁灭机制的物质;
我们,正发现我们的宿主的抵抗力

---

① 原文为"ranges",有"靶场""射击场""行列""徘徊""漫游""等级""类别"等含义。
② 原文为"sheeted",也可理解为"裹着尸布的"。
③ 终碛,一种堆积在冰川或冰原的冰碛石。

多快地被建立——能思考,"明天我们或许会
被铭记,作为技术专家的噩梦,将
举世无双的军队赠予后代作为
他们的正当理由的自大狂们。"
我们已赢得美德写出诗歌并理解被禁的
专家和工人(其特地作为
蚁兵)储备;我们已从他们的艰难版本转向
堕落的神话,那些如此不可思议
又习以为常的、他们似已逃脱的残忍行为。

然而,正如以往,被释放的小偷穿过
我们的夜晚,会跌倒,但
因它的水晶而啜泣,在冬天故事中
感受那熟悉又强烈的喜悦;
孩子拥有雪人:滑雪者
徘徊于风暴的顶峰,或从悬崖的
壳层调转方向,沿
多石的山坡滑下,经过强盗们的小屋
去往伤寒携带者的房子:在他们的漠视中
冷静的理解,在昏暗的寓所
凝聚活跃所有心胸的
焦躁精神;少数人以匮乏或固执

保留过去那浪漫又随即充足的
世界的残余——这些异乡人
持有异乡人的语型变化，说着未诞生的世界
破碎的、难听的英语：
所有，所有，在这个冬夜，
皆虚弱无力，正迅速清空。明天呵着气，
从残酷的中心进入月光，士兵们戴着防护面具穿越
挖过的陡峭街道，一种新建筑的
爆炸性凯旋：十二层碎石垒成
冠檐装饰的垃圾场，整个时代的
纪念性坟墓。整个经济；
形而上学者的惨败，一种神学灾难，
几何学者对存在的替代，对
豌豆和星系的观察，冗长而又浮华的
隐喻烦躁的虚构爆炸
被利用，成为呼吸，变成恐怖；耐心的、技巧的、
理解的千禧年，具象为武器的
几个世纪的术语，无尽的
否定手段，偏执狂
灾难性的辉煌；被精心制成

被炸毁的街道的几具尸体。
用一根棍子在废墟中戳刺的幸存者
只找到友人们的残骸。在这话语领域，
这样的结论无知无耻的灵巧
普通正常，而没人思想：
"在这之前发生的事情更糟。被期待了这么久，
最终来临，明天是死亡。"

从解体中的轰炸机，雇佣兵既无仇恨
亦不理解地撒播一枚枚绽放于
垂死城市混乱空气的
纯粹世界的炮弹，
跃入他白炽的瞬间，默认
我们和他自己的灭亡，
欣然接受西方霸权的颓丧。

杰　克[①]

凝望你而变暗的天空,及
沉入其旅程的这一年
对你而言,似乎是分开的豆茎
和栏圈里弄皱的鹅。

那条河,溢涌的船儿们,
以及云般落下的巨人
都是你心中拼图的
片块,其一旦拼接上,

可能让腐烂的谷堆再次嫩绿。

[①] 这首诗"续写"了英国童话故事《杰克和豆茎》。原故事内容大致为:小男孩杰克家里很穷,他卖掉家里的母牛,结果换回一把神奇的豆子。豆子长出了天空一样高的豆茎,杰克顺着豆茎向上爬,在云端中发现一座城堡,里面住着凶恶的巨人和他善良的妻子,杰克偷了下金蛋的鹅和竖琴,爬下豆茎,但巨人紧追不舍,杰克于是砍断豆茎,巨人摔死。从此杰克和妈妈靠得到的东西,过上幸福的日子。

此刻，烤箱坚硬的开裂
烦忧你，但无生命，
不知羞耻如别人的梦；

你奔跑之时呼唤的竖琴
瑟瑟响，似乎是你女儿的黄发……
因，困束于某个可怕又笨拙的魔咒，
你坐在此处，僵直而惊骇，

有时，在你的美好记忆中，
那窘迫的公主，巨人质朴的妻子到来，
内心撕裂而凝视，恳求
那些你永不能领会的名字，

而你，在渐缩的圆圈中端坐，
尘世之谜① 在你手中锈蚀，
于是你知道，你永远无法重获
竖琴如此高声弹奏的大地。

---

① 原文为"puzzle"，呼应第 7 行的"puzzle"，两者既指"拼图"，又指"谜"。

美学理论:艺术作为表达

诗歌,就如生命,正在尽我们所能
而与我们所知的迥然不同。
它们惊人地启动,就像骨头中的血。
不幸者醒来,鼻子由于他们
未能明白的因由而流血;一道浅切
从他们身体引起血、血
令人不安的喷射;他们通常死去。
但诗人以此成长,似乎缪斯们
(像某部残旧回忆录里的某某博士)
发现可以为任何东西充足流血;
及时地生成,近乎自主。

如果这是所有,那就好了。

干燥,或保存在瓶中,经过
国家某局专家们认证,

它会被发现有价值,像坛罐一样,
展示一个时代的种种东西:
人们崇拜之物,他们所吃的人。
几世纪以来,诸多重建的、
在某人心中不确定地溃烂的文化,
在一个美术馆的目光和干燥中
会显得苍白又扭曲,在
这儿,孩子们穿着无菌连体衣,会嗫嚅:
"这些疾病幽暗发光,像宝石。"
你看到那超人[①]资助

一个古溶血学教授职位。

而你可用眼泪创造它。

但血什么也不是,眼泪什么也不是:痛苦,
无声的流派穿越的恶,像大海——
同样是一切的基础,我们
最卑微的呼哭奔涌而出的**因由**。
诗的来源并不与众不同;

---

① 原文为德语 "der Übermensch"。

智者会不安地① 给它的教养分级；
而谁已理解那些像女巫酿造物的
干冰冒烟的决定因子：
从小心的书页卷曲出的精神
在另一个时代征集毛发？②

---

① 此处原文"qualm"，有"晕眩、不安、疑虑"多义。
② 据海伦·哈根布彻分析：这里所提到的"好诗"标准是贾雷尔对A.E.豪斯曼（A. E. Housman）的好诗标准的一种改写，"（据格雷夫斯说）豪斯曼的检验'简单而实用：如果你刮胡子默念它时，会不会让下巴的刚毛竖起来'。"（见 Helen Hagenbüchle, "Blood for the Muse: A Study of the Poetic Process of Randall Jarrell's Poetry", in *Critical Essays on Randall Jarrell*, G. K. Hall, 1983, p.119）。

假人们

啊,窗台上的假人们!
她们浑圆的手臂宛如牛奶,
她们透过睫毛观看,回梳
闪光的丝绣般的头发。

虚弱的设计师怎能承受
那张被构造的脸的力量?
抵抗着,当他自己的眼睛投出
绝妙的赞许的回视?

然而,一个新世界别样的骨头们
最终挤着穿过那蜡制的梦,
眼睛注视着,其如丝的睫毛消失,
一种爱和恐惧,是所有一切。
爱笑着,当一个陌生人真实又难懂的
脸颊突破我们人造的世界。

论人类意志

无辜的人们盲目拉扯他们生命
柔韧有力的组织,或
心烦意乱地决断,如果他们可以,
在无知消失运气开始之处;
但,想想他们想要的吧,他们[1]终结于煮锅。
刀子对最狡猾的羔羊是温和的。

在如此多的痛苦中,有某种壮丽之物:
天堂如此平稳地降落于草地,
郁闷的绵羊们在那儿痛苦地试图吃草,
它们被赋予了爱斯基摩人扭曲的尊严,
那尊严短而仅有的间距
被拧绞了,由于怨恨最残酷的过度,

---

[1] 原文为"they",有歧义,也可理解为"它们",指他们想要的东西。

在温带地区的居民们看来，似乎是。
羊羔不拧绞什么：它们被拧绞。
这实在悲哀：悲剧性缺陷
或许导向牲畜场，但完美者
也在同类的共同涌流中被
卷向**极地**那只冷漠而迷人的手。

鱼也攻击任何东西，几小时
或几分钟笨重地甩打那条最细的线。
"似乎上帝命定要我死，"
鲤鱼的眼睛在餐馆喃喃自语。
（而巨嘴在蓝色的脸上
有须的斑驳昏暗中，

扭曲成一丝可怕的微笑——
努力、误解和——悔恨的微笑）
对他们①来说，不掺入个体感情很难。
像英雄们，他们惊诧自身的命运
并认为这是他们已完成的某物。
像美德，意志被赞美，并挨饿。

---

① 原文为"they"，和后面两行中的"they"也可理解为"它们"。

城市旁观者

当火车鸣起汽笛,它想说
搭上我,搭上我。去哪儿?哪条路?
人们问;去往某处,去往某处,
铁轨说,车轮说。走近房子,走近脸颊,
海报说,如此刺耳又快乐——

但谁会相信?每条街道的傻瓜
伸长脖子,为了每个飘过他焦褐的
灌木丛和紧缩喉咙的新笑话,
知晓的不止于此;叫喊"你的美国
就在你周围这儿";指着你的头骨。

时间赋予(我的上帝!)旧谚语新意义:
那布告板乏味的掘开院子
寻找钻石,已变成没有出路。
"伟大的歌德是个孩子,"孩子们想;

"寒冰在极地,毒气在赤道——

眼泪是这些眼睛的唯一实物。"
而——而他们没错,我怎能继续玩耍。
除了你我目睹何物?除了同样
无意识的土地大陆为何物?更疯狂的形象
从每一物回视:那随强迫者[①]胸中的血

而显现黑色的庞大**格式塔**,
海洋、灵魂、城市那确定的
背叛的最终的总体——从丹到鄂木斯克[②],
我行走在这星球,没发现
什么,只有我自己在地上的脚步声。

---

① 原文为"imposer",也可以理解为"征税者"。
② 鄂木斯克(Omsk),位于俄罗斯西伯利亚西南部。

对一些联邦士兵的描述

被撕裂的山坡,有其弯曲的手,
汤姆躺在光变化的倾斜下,坡体
更为阴凉,而穿过其暗影
太阳再不寻找。月桂树已凋敝。

啊,曾何其闪耀!碎裂的叶子
在你的前额焚燃,你的舌头
因智慧而变厚;直至你大笑,如影子
从无知觉的形体逃离。

那时那苍白的生命——树上的伤疤——
在那里,倦怠地,在山丘的蘑菇烟中,
你盯着伙伴们——致命的蜡像!——
而看到,苍白,贞洁,半掩,

徘徊于每张肿胀如叶的脸颊的,是

一个微笑的蓝色透明。
这是那狂怒言辞最终之物——
光泽，阴影的花环。

像汗珠，像掉落的珠宝，遍布于地，
他们躺在那里；环状的嘴张开
像要说话的伤口，他们的眼睛
从那些扭曲的脸上萎缩，

瞪视着，因光而凝结。
告诉我你如何被狡猾的死神追捕吧，
那晚，跌跌撞撞，泡在血水中，
你在那里沉下，嘴巴张开

直到搜寻者到来，跪在那里
扶起你，看见浮现你脸上
贪婪的、恒久的自负……
人的抉择，及人的辉煌

渐显怪异，并不被
他的呼吸的空洞尺度遮蔽。
坟墓如何持有，那无法忍受的强光下

血液晒干的一个雕像名字?

他们矗立,就像疲倦的未使用的列柱,
必然性指示和摧毁的
一个时代野蛮人的叶饰。
在那些眼睛,没有犹豫。

智慧的脑袋

(这首诗写给凯瑟琳·路易斯·莱尔·斯塔,她出生于1940年5月16日。脑袋是贝多芬的脑袋)

幼小的**意志**赤裸裸来到世界
  没有半点智慧;
教堂,**国家**,种种疯狂之物
  挤向麦秆,它在
那里,在家庭的爱抚下啜泣;

牧人咩咩叫,麦琪①的气味像骆驼,
  听,希律代理人唱!
没有一个教母会不带礼物走近弃婴:
  孩子,在你的
整个宇宙中,有什么东西为你

---

① 指基督出生时向基督朝圣送礼的东方三贤人。

分一点它无知的、非正式的 ① 祝福?
　　"做,做,"你母亲叨念,
你父亲发出愚蠢笑声,或喃喃自语
　　他酸楚的打击,当他
晃动干燥的脑袋,处于每一天的错误中;

国家将一支步枪,置于无目标的手;
　　制造商们
为徒劳岁月的劳动力投标出价;
　　"信服,要不入地狱,"
教会告诫;还有你的**地狱**的护教者——

国王,牧师,哲学家,瘦教授们——
　　告诫,告诫,告诫。你明白。
了解这一切吧——谎言、饥饿和血:
　　芸芸众生的历史;
我们所说的;和我们反而知道的一切;

了解它;但智慧不仅仅是知道我们

---

① 原文为"officiou",有"非正式""过分殷勤"等多种含义。

　　　　所知的，我们所说的，
那些出名的死者种种出名的错误。
　　　　长髯毛的犯错脑袋
在真理之下，在谎言之下，也持有

比那两者更有力的某物；辉煌的眼睛
　　　　伟大的凝视
熠熠闪烁，闪烁的不仅仅是泪光；
　　　　没有惊奇
温暖那张被毁的脸颊：混乱的、

荒凉的野外，智慧者无助的
　　　　笑声挣脱
垂死的脸上那张开的嘴巴——
　　　　孩子，这里有历史，
这里有知识，有智慧——看！看！①

---

① 原文为"see! see!"，也可理解为"明白吗?！明白吗?！"

1938 年：春舞

这些爱是悠闲楼梯的白人女孩们
无助或被索求的至福；
光涂染着盲目胸部的兰花。
跳舞者在无瑕的树枝下亲吻，

在运气和金钱的森林，喇叭吹奏的
华尔兹宏亮，感激的草坪
是纯净又茫然的牧人们的**道路**，
他们在月光下为自己的时辰而欢笑。

这些是我们的状态的终结，率真
又刚强的后裔，地球的华尔兹舞者，
球体被缓慢持续地推向
真实大海的黑暗和艰难的决定。

恐　惧

在血腥的道路上奔跑的民众
清晰说出你的身份，种种嘲弄的名称；
正是你，在摇晃灯火中被念及，
被四肢摊开于茫然天空的孩子悬起。

你被归家的海员和回到
车站的士兵，在评论处境时用朴素
又不经意的话语说出。
那孩子在她空荡的房间轻摇，

耐心，失眠，被你梦幻的外形所萦绕——
她在一个故事中无助和受苦，
自己终于不小心地告知，
她是这世界的一个象征，我们

终结中的世界的激情。在那

影子倾斜火焰悬起开花的房间，
恐惧，分枝又结网，用她的双手喷射，
在她的胸中引发它令人窒息的转变。

而今，窗户摇晃，被雪模糊，
生锈的雕像，被挖掘，银色，冰雪裹身，灰白，
耳语："孩子，你与同类完成之物
一无所是。仿效我们，绝对事物吧。"

然而，怀疑终止了形而上学者，而黑暗
在它的迷宫准备了说服英雄们的
冷酷之吻；是否爱，为了那追寻者，
的确，躺在那最后的陷阱？

一个孩子的话语，肿胀着软弱和痛苦，
可描绘我们被锯开的凡人世界，
而蔑视那个涌动锯屑、以
怜悯和不修复的爱来照料的伤口；

但它没被喂养，而最终被背叛，
被那些凝视的羊状形体吸得空空，
那个梦着的、非人的世界，
一个冬夜的森林。

机关枪

四溅的鲜血,寻猎的烈焰,
刺穿的遮蔽物和开花的炮弹
没有平息——同样,那
探照灯投落之处阴燃的脸;

我们的时代在焊接的手①中,
我们的运气显现于橡胶脸容——
机枪手油黑的三脚架之上,
女巫张口,吐出火言。

---

① 原文此处为"hand",其有多种含义:"手;(兽的)前脚;(钟表等的)指针;(枪托的)手腕部。"

选自《小朋友,小朋友》

(1945)

……然后我听到轰炸机向我呼叫:
"小朋友,小朋友,
我有两个引擎着火了。
你能看见我吗,小朋友?"
我说:"我正从你身边经过。
我们回家吧。"

醒着的梦

……在一艘严重受伤的船底部,哭泣着,抚摸另一个垂死的人的脸;说:"振作些,你会没事的。你会没事的。"

某个东西在那儿。而老师在家里
像小猫迅速蜷缩在被子上,说振作些
你会没事的,你会没事的——已消失,
而水颤抖,上升为光,
光的微笑裂开,是笑声——是我
和房间和树:哦,早晨,早晨。

而霜闪闪发光,像太阳在我眼睛间
在我的睫毛上,于是它们睁开了:而白色
是黑夜呼吸的气息,在那里像我的气息;
我的云是被盖、我的睡衣
和把我印在窗上的气息,而我的太阳

是完全相融于空气的黄金,是我自己的生命——

所以他醒着?不,从中醒来;而猫老师
是世界的护士,他的云是石膏,带血而呈灰褐色,
而他永远回来了:那艘船是一具具尸体
而这身体断了,双臂折断了,
而声音,是那友爱的声音:请不要死——
他活下来而他们死去:哦,早晨,早晨。

母亲,孩子说

母亲,孩子说,树枝都在说话
整晚,它们说我们所有人——
不,不,她回答;谁听过它们说话?
它们安静地在那里……或可能走着

穿过草丛,孩子说,凝视着
在那里睡觉的我;树叶都翻动着——
风,她回答说;树叶什么时候醒了?
继续睡吧,我的命根……今晚你的凶手们

找到了我,孩子说;有人叫,回来!
但我在月光下醒来,苍白而年长——
不,不,她回答;这怎么可能?
你在家睡觉……你的脸颊污黑

有着血,孩子说;他猛然扬起刷白的头

叫道，用你疯狂的四肢来温暖我——
母亲笑了，张开冰冷的双臂
而把死者的血贴着他无生命的嘴上。

学员们

当飞机们进来，一整夜，灯光伸延，摇晃，
进入空荡荡的营房，寻找全体人员——以往的，以往的全体人员——
而这些脸醒着，没有形状，从雨中的炮塔凝视
寻找那些脸——以往的、迷失的脸；而，缓缓地，盲目的光
让古老战争的梦灰暗；而这些标线倦怠，沉思于
跑道水坑边无尽的薄雨——
死亡之线；那么当你们记起
你们是否会在意——在别人的梦中已死去——
你们曾活着，你们已死去？薄暮中苏醒，往事萦绕的脑海（此刻
它是你们的世界），鬼魂们，你们是否了解了什么？

艰难的解决

夜复一夜,死寂的月亮照亮
灰泥和岗哨,整个海滨
平躺着,村民们,夜晚的死者被夺去——
他们又一次从岛上可怕的生活
逃进习惯的坟墓,逸入纷繁的睡梦——
梦乡的浅滩叠合着
被持有的羊膜的海洋。

他们明白自己的生命,随光闪耀,而操纵
财富给予每种冲动,阳光和
冲浪和夏天的消遣,融入舞者们
精致的惊叫,保姆们的笑声——
因它仍是生命而可怕:母亲
想,"够了。我可能死去";而女孩
公然地谈到爱,而意指她的死亡。

肢体在坟墓下，新的肉体
可获取的优雅，细胞古老的苦痛
无度地运作：我们学会沉思，
"我的愿望未满足，我的需求未得知；
我的意图，与世界的意图，不可通约；
而幸福，如有幸福，难以获取——
让我睡眠，让我凋亡！"在温暖的黑暗里
沉睡者最终低语："坟墓是我的母亲。"

有你我未曾获知的知识。我们听到，
一些夜晚，无家可归的大海，
眼下没有我们的子宫：来自黑暗的风
不断地嘲笑我们，世界的一种意志。
昨天诸民族，那些风暴如欧洲的义愤
因压力和极痛，无法缓和——
在黑暗的大海和诸世纪之上，陌生的人们到来

死于这空旷土地的靶场——
谁还记得那些无名者？**昨天**的需求和死亡
在稻草的床上，在圆木的墙边，谁
存在着，只是你可能会挥霍
你壮丽而不持久的

对沐浴的人们的磷光的赞许,火箭们游荡
升至寒冷的星系——我自己的脸庞

观望,而不能持久,在这年轻的夜晚?
今天,孩子躺于他硕大母亲体内
又湿又暖;明天,寒冷墓冢
干燥的骷髅暗哑无声。"其间呢?"
其间我在受难,"而最终满意于
不再了解那渴望,那无法忍受的
痛苦:你种属的堕落和极限?
这就是你从风、从不止步的黑暗

获知之物,黑暗整夜行军,朝着
白昼及它的死亡——星漫游着,向
其他的星,向一个陌生物,一个新的天空?"
不,不!这风,这夜——
它们绝不知睡眠的意志,死亡的愿望,
盲目的力量,意向的严酷和极痛——
那生命世界真实的意志,确定的意志

在我们周围展开,绷紧,像一个疯狂的子宫——
那时我了解;那时我,也在瞬间感觉

那紧缩的波浪，拒绝的嘴唇

仍被塑造我们的潮汐打湿，伴随盲目

母亲的盲目决定：那巨兽

因激情、因其一无所知而颤抖，

它给予，夺取，给予，最终摧毁一切

已爱慕它或发现它可忍受之物；它

啜泣——在我们面前啜泣，一次也不为我们；它最终

将我们撕碎，甩开我们，绝望残忍

对待我们及自身：我们审判的宇宙。

那么记住你所了解的吧：你一无所能

除了知道你一无所能，了解

你的应用与你的拒绝，正摧毁你的一切——

并接受它：艰难的解决①。

---

① 此处原文为"difficult resolution"，因而这里（及诗题）也可理解为"艰难的决心"。

士兵在大学树木下走着

这些墙已被这些伟大生命的
绿色壮丽遮蔽如此多年,
它们的砖已变黑,直至时间的尽头。
(细小又动人的白色藏在浸透
无墙世界的持久黑暗中;被
树叶从天空,被石块从土地救出)
学生们花朵般信任这些
纬度的荫凉和无尽的黄昏。

在我们的地带,天真生于银行,
教化于富人已播种的殖民地:
在这里,人们可幸免于多数人
分担的东西来写别人的历史。
橡树逃过撕裂芦苇丛的风暴,
他们在此阅读;他们也阅悉芦苇,
阅悉风暴;而且,在他们对一切事物

博学的无知中,几乎,是崇高的。

穷人一直——在某地,但不在此处;
我们听说他们,在他们和**罪恶**
与**死亡**和**邪恶**生活之处:在书中,书中,书中。
啊,甜蜜沉思成因,而非事物!
灵魂在图书馆学到坚毅,
在他人痛苦中学到持久的忍耐,以及
怜悯我们没能改变的生灵:
世界将形成的一切,如果真的发生。

什么时候,这些树枝会燃烧、折断,
变黑的墙壁像煤烟飘往天空?
到那时,人们会说"我们观望之处是火——
铁树枝在我血管绽放"?
在那种黑暗中,即便富者也处境艰难,
世界是连书籍也相信的东西,
炸弹整年落在那些国家,
而在未翻转的叶子上,血污黑肮脏。

士　兵

在被称为第一次**世界**大战的首年
我看着世界的火光向诸国蔓延,
又穿过一个大陆的千沟万壑
面对我被送去要将其杀戮的那些家伙。
那时人们相互教导为整体放弃
自己的快乐,自己的理智,自己的鲜血;
而一度为利益而活的人们,为
各种悲伤的**善**奔赴死亡。

所有的整数相似——年轻人和老年人,穷人和可怜人——
为死亡阴影无差别地笼罩,
在大陆之上,诸国盐一样撒播死亡。
那些岁月,肉从我们的骨头被掀开。
在毁坏的猪圈中,抓挠的原子
不再相信过时的善恶;

而猜想着——枪稳稳在他的背上——
一个变量的函数：死去。

西行的生命对一个离忧郁极地
略远的北方是稳定的，
诸世纪梦见的极地是**偶然**或**命运**；
我们了解——我们可怜的智慧以他们的血磨砺——
我们的希望那最后的寒冷的中心是**贸易**。
我们的血奔流之处，德国人的书是红色的；
因为我们的死亡，曼彻斯特一家银行
把纺织品运给德意志帝国征过税的黑人。

从军用列车所见的一个军官战俘集中营

这是某个学校,砖砌,绿色,一座困乏的小山,
从列车转换点看去,闪亮,缠着铁丝网。
每夜都有枪,寒冷的卫兵们呵欠连连,
灯火为不眠的囚犯燃烧,
囚犯像地鼠奋力穿过时间的污土,
在这午夜爬回自己的战争。

起初他等待:读书,睡觉,或听到他们
一直告诉他的谎言——无尽的胜利——
直至开始明白——次年,次年——
自童年起记得的东西,和平:
墙上的标记,饥饿的哭泣,
工人们的街道上搏动的机关枪。

麻木,污秽,颤抖,他再次看到
人类恒久灯光背后暗淡的星辰

而啜泣着。一如既往,从别人的邪恶
逃入自己的邪恶,是人们的快乐。
这里,如此相似,如此有别,是你已计划的一切。
当你在新世界的大气战栗,想想

不止于海洋,不止于大陆,岁月绝对
展现于你和那些战争之间,你想要它们,
设计它们,并心想其最终属于你。
在这里,你的周围是你的殖民地;
在这里,在这异地荒原的午夜
征服的种族锻造他们和你的命运。

教诲我我的世界的意义吧
它对你来说太好,要不对我来说可忍受。
持续,直到诸国、岁月与你终结于此,
在中立的土地上咳出他们的血。
去死吧,士兵,当枪炮从你
被钉在光中的单薄身躯获知一切。

选自《损失》

(1948)

营地里有一个人活着

(这是一个集中营,被守卫们烧毁,
被它的俘虏们遗弃,还没被盟军占领。)

雪花倒向黑色的死者
　　在拉森,在铁线网旁。
那孩子,在烧焦的洞穴里
　　望着摇晃的火焰

蔓延向痛苦中的他,直到,
　　阴影步履蹒跚,下沉成
他的无助;他摇晃的
　　四肢萎缩成虚无,在

压住他的横木下裂开。
　　他听到,雪的
嘶嘶声中,一个脚步声,许多

模糊的低语。

他们来了；而他呼喊他们
　　欢喜地——
　　　　　　　是死者。
他们轻声细语，他不
　　理解，而缓缓朝他们

挪动他的头；但他什么也没
　　看到，什么也没听到。他在他最后的
孤独中呻吟——而声音
　　回响在他耳中，石头

从死者敲击的脚那边
　　被甩出，死者
一遍遍叫着那孩子的名字。
　　他高兴地笑出声

而用他所有的力量倚着
　　木头扭动，叫着：
"我来了。"声音越来越弱，
　　他死时，脚步声消失。

俄瑞斯忒斯在陶里斯[1]

（伊菲琴尼亚和俄瑞斯忒斯是阿伽门农和克吕泰涅斯特的孩子。当希腊舰队去往特洛伊的脚步，在奥立斯被逆风耽搁了，阿伽门农要杀死伊菲琴尼亚作为牺牲。这个神话后来的诸个版本包含她被阿耳忒弥斯从祭坛上抢去的情节，阿耳忒弥斯让伊菲琴尼亚在陶里斯（今克里米亚）成为了一名女祭司。阿伽门农在特洛伊沦陷后回家，被克吕泰涅斯特拉和她的情人埃吉斯托斯谋杀。俄瑞斯忒斯在阿波罗的指挥下杀死了他的母亲和埃吉斯托斯。他被复仇女神们从一国到另一国追赶，最后被要求把阿耳忒弥斯的神像从陶里斯带回希腊以赎罪。陶里斯人将被海水冲到他们海岸的异

---

[1] 古希腊人称今克里米亚为陶里斯。古希腊悲剧诗人欧里庇得斯的《伊菲琴尼亚在陶里斯》和歌德所创作的《伊菲琴尼亚在陶里斯》，俄瑞斯忒斯和伊菲琴尼亚最终得以回到希腊。

乡人作为牺牲,献给阿耳忒弥斯。)①

航向陶里斯:涂沥青的洞穴,
尸体摆动,漂白,油一般柔软。
日子,悬在风衰老的乳房——
帆没有遮阴,太阳的位置
没有形状可告诉你他在何处骑乘——
你像一个梦跌落;或,俯瞰着,
微笑,月桂树让你的脸变暗,
你看到**他们**观望着,**他们**苍白的嘴张开,
像在滑翔的海下面的影子……
一天晚上,你开始在你的梦中腐烂
而抱住你潮湿的姐姐,
她哭泣着,嘴唇的肉裂开。
你随一声呜咽醒来,汗水淋漓,
而向那舵手跑去,而他的脸转过来;
他以神的语言说话,离弃你,
他的鼻孔胀大,迷醉于
他唇上的干血剥落的气味——
那头发,比马的鬃毛更漂亮!

---

① 此段文字是贾雷尔自己对这首诗的背景说明。

而你叫道："神啊！"——张开你的双臂，
凝视如此明亮热切的眼睛，你
随一声空寂落下的啼叫醒来。
一只鸟从你头上飞过，它的翅膀拍打着，
桅杆摇晃，护盾掉在甲板上咣当响，
这艘船撞到了。

      在那里，摇摆着，直到白昼，
你的船闯入那浅浅的水路。
波浪随急风而来
流向你的船，在那里船开始崩裂
和剥落——集拢的灰色泡沫
顺着它的鸟喙① 汇聚，自旋向上，稠密如
挂在那里嗡嗡响的蜜蜂；而它倾向
那些高耸的波峰——波浪披在它身上，
它向海岸颠簸，再次撞击，搁浅
在那个暗礁上，船首抵着迎向它的
那些岩石，尾端倚着浅滩，
浅滩的水像雪烟从它们身上溢出，——
迅速地，桨被劈打着，鸟喙研磨着，
船尾的蛇头向后扭动，拖着桨；

---

① 古希腊战船的船首被造成鸟头形，船尾则是蛇头状。

而当每个波浪迸发,喷溅的水花

在你周围破碎,并以这样的水气聚拢在你身上,

你看起来像最严酷的冬天中

黑暗笼罩的人们,当密雪落下他们

在静默的雪花中宛如鬼魂

而几乎无言。所以你站着,沉默地

耷拉着头,或冷漠地看着

那些冒烟的脂肪,或一条硬草

刺人的蜿蜒小溪;然后你的目光

消失在那片水面……

       最终,那一天,勇士们侏儒般

在地上匍匐爬行,在空气中没有脸,

许久地看着手指脊,像

星一样耐心而必然。沙地

因印迹起着泡沫。在那里,他们骑着马,

踩踏在世界的边缘,而天空

浮现青灰色的凹槽饰纹,他们

似乎如夜晚所见的行旅中的

异乡人一样多,此时从远方高处

他们刺耳的歌降落。因而那天你听见

马的嘶鸣和铁的声响

和阵阵呼喊——不是阿耳戈斯人的呼喊!

一些人下马,在沙滩上走,
向你挥手,高声呼号,长久地呼号,
对于你这太奇怪——波浪的拍岸声
撒满海滩,用那野蛮的舌头发言。
她立于战车,手遮着眼,
一个披染色斗篷的女人,手拿一根扁平权杖,
凝视着你,声浪中显得孤独。
骑手们盯着她,或者对她呼喊
直到她伸出双臂并歌唱:
轻雾的纱,骑乘风的水沫的纱
向大海翻卷,或缓慢沉向海面,
而海岸在炽热的光中闪耀。
她的声音穿越波浪飘来。
而后从深海,诸多声音呻吟,
你低头俯视,尖叫,看到
这黑色的船断裂了,半沉入水中。
扯下披风!扔掉利剑!
跳进漩涡,那个大锅沸腾,
千种叫喊声,盾牌声,盾牌
最后一次展示其装饰,
一支倒置的桨在大海的凯旋中——
你和你的队伍的叫喊听起来宛若鸟儿:

无助,苍白如鱼,
被拖下勒杀,仓皇逃向盐滩,
尝试站起,颤抖着,攫住
芦苇丛中有穗的花。
他们有些人用矛戳刺(何种专横的姿势!);
而你,在他们的最左边,无意识地躺在那里,
而在奔跑的沙滩迷糊起身,
试图站起,摇摇晃晃,又颓落下去,
在一瞬间立起——不朽者!——
向他们伸出你紧迫的手。

后来你记得他们俯看着,站着,
让波浪最后的水沫
盘旋或停在他们脚下:
厄运看着你,在头盔边缘下——
在它上空,是颤抖的羽状烟流。
往内陆走:你的手腕被绑住了。
立于战车,穿过风
拂回的长发回首,你
望着长长的行列,低低的太阳
给你带盐的皮肤、给你燃烧的脸镀金。
骑士们向你呼唤,对你挥舞盾牌——

头巾摆动,当你走过时,小麦弯着腰。
你坐着,试图抬起头,或
把下巴压到车的边缘,
感觉它太冷,你吐出孩子的叹息。
骑手们艰辛地穿过
黑暗最初的喘气;你凝视着他们——
无力的手,缓慢的步伐,潮湿的疲惫的身侧——
而后是蜿蜒的路,杂草丛生的路,
两个干草堆,像小麦垒成的雪人,
像冰川立在洪水旁边。
当你在浅滩停歇,马蹄
甩出的水滴多冰冷!

水面似乎宽阔而黑暗,天空在变暗;
你哭泣着,听着那水的声音,
躺在低浪舔食的砂砾
和碎贝壳旁;当鸟尖叫,
你颤抖着,又睡着了,永远不会见到
从芦苇丛爬出而盯着你的
青蛙、水鼠和所有这些鸟儿;
而在它们中间,复仇女神们坐着,
带着困倦的神情望着你,耐心地

看着马儿们长久的畅饮
或凝视盾牌雕刻的把柄。
而当她们盯着你时,一声悲痛的号泣
从你的嘴唇,从复仇女神之手
抚过的树叶迸出……
当他们摇醒你,你,狗一样呻吟
躺着,咧开嘴巴,四肢挣扎着——
火把多么耀眼!而后有人走近你
把水倒在杯中,又扶起你;
你毫无知觉地望着她,摇了摇头。
但当她将它压向你嘴唇,你吞下了它,
因某种麻药,它如此黏稠苦烈,
你的牙齿在杯边打颤,你久久地战栗,
抢过它,把剩下的倾倒在地——
而后你抬头望她,笑着。
她的头开始游离,你睡着了。

你睡了多久?你醒在晚后的一天。
云朵在阳光中闪耀,整个平原
屈从于那平稳的风的叹息。
你吃惊地看着那里的神像,它蜷缩着
像一个被捕食的畸形物,

裹着马皮，狐狸毛皮，某种
有角、长毛、长尾的野兽的皮，一种
垂着有结的穗饰的羊毛织物。
少女们在周围，穿扮得像熊一样
推挤排列；而在她们之后，老人们站在那里
穿着新洗过的亚麻，伸出手中的
绿色树枝，黑麦编织的绿冠。
在杆子周围，有些头立着，变干，它们的
长发在风中摇曳。一个在那里腐烂许久
它的脸的碎屑像胡须拍打着；
其他晒得像皮革，塞满稻草，
梳过的头发向后扭结，用缝在眼睑里的
珠宝眼，可怜地凝视你的眼睛，
仿佛在召唤你前往它们的盲人世界。
一个人走着穿过它们，步履蹒跚。
一件厚重的白色长大衣，不成形的高靴，
一件宽袖齐膝的外套，和巨大的尖顶帽：
这样的衣装，白得像盐，悬着，罩着他。
他走近女神，倾身，在她上方
竖起两个头，巨大如某种高石，
然后用仍藏在外套大袖子的手
解开并折断他拿着的弓，又

说着话；但你在一个如此颤抖的
声音中凝视着，看到高高的兜帽下
根本没有脸：一个包扎着的蛋体。
然后他从黑色女神身上一次次
把硬皮剥下，这女神消极的凝视经过
你静寂的脸和移转的眼睛，
你看到她开裂的手臂和劈出的乳房——
然而，有刀痕的木头似乎还有
一层乌黑的糙树皮。那树皮，那外皮是血。
于是你明白你在做梦；当这刷白的人笑着
你放声大笑——毫无知觉地大笑，直至你看到，
在胸部僵硬的织物和松纺的衣服的外观中，
一个老人憔悴的脸和闪烁的眼睛。

于是你走向她。啊，似乎很可悲，
像蹒跚的野兽，迈着令人难受的被迫脚步，
向一个木祭坛，在那里，呻吟出
没人怜悯的话语——也不再被称为言辞的
话语……
少女们在侧边，胆怯地，看着
谁走近你：你像桅杆上的帆急速甩动，
用头撞着那些手，那些手捆紧

你的四肢，或甚至藏起那些

与花束、长丝带、树叶

和垂挂的花环一起绑住你的绳子。

你仍说了一会儿话，然后遗憾地中止，

为自己而哭泣；奇怪地看见

戴着面具、持着剑和枝叶的舞者们，

而听不到音乐，听不到，也没有声音，

除了他们在草地上的脚步声和他们的呼气声

或你自己的呻吟声和痛苦的喘息声……

一声叹息向他们的队伍致意；他们静立在彼处。

你听到一个声音，一个声音，一个长长的低语，

然后沉默；然后你等了许久

而你的皮肤蜕变着，你的整个身体都易变着，

但仍无声；直到你感觉到

一阵温暖袭近你的肉体，突然间

感到有人在那里呼吸，一种轻羽般的触及。

汗水从你肢体冒出！你的心跳动！

你感到你的生命停滞了，你虚弱的眼睑快速摩擦：

当你睁开眼睑，她站在你面前。

黄金挂在她的手臂，黑金环围

她憔悴的脸；是什么野兽随黄金脸容躁动
变红，扭动鹿角甩过她缠结的头发？
光线像皱缩的扇骨
从她的嘴唇转折，彩饰她灼烧的脸颊；
她的嘴唇染色；而透过染色睫毛
隐现的眼睛，有着一只鸟阴郁无情的凝视。
于是她望着；然而在阿耳戈斯或迈锡尼的
所有地方，或所有的岛屿你
从没见过像她那样的脸：一张脸如此美丽！
她弄湿你的头发，用手把它抚平，
水从你的脸流下，而它在那些黝黑
和变黑的头发下，看起来苍白；你随意摇晃着，
而你那苍白又焦虑的脸——看上去多可怕！
你刀子般抖颤；那么，当你感到躁动，在
你干燥的胸膛和紧缩的喉咙
拍打它的翅膀，那是因为干渴？
而在你的极痛中，大量的口沫
像微笑显现于你的双唇；直到它们随一声
短促无言的尖叫启开，你的头往后仰，
在你的痉挛中，你的眼睛似乎蜡黄
像一个孤儿用他找到的破布
和群犬啃过的骨头

捣鼓成的玩偶的骨眼。当然，
尽管你被捆缚，半掩在
花朵和长长的叶子中，你看来更像
一株灌木或某株多枝矮树
而不是一个悬于自己死亡边缘的
死人。有个人出来，将你拦腰抱起，
剥下绳索，让你掉下去，
你在被践踏的草地上僵硬坐着。
你没有动弹，你动弹不了，
那人碰到你，你就跌倒了。
他缠起绳子，拉紧，将它们固定，
你躺着，望着那无尽的天空——
你看到剑在闪耀。她在你上面弯腰
然后大声啜泣，而用双手举起它——
又颤抖着，缩回，松开它——
你仍沉默着，茫然看着她。
当她平静下来，又从地上捡起，
再次举起它；当那把剑，在你和她的脸之间
划出它的路线——俄瑞斯忒斯，你看到了什么？

那个头陡然出现，旋了一下，然后跌落。
那些向后拖向躯干的头发

开始随风飘起并战栗。

此时她颤抖着,转向一边,

她的手变得虚弱,她松开了剑,

而盲目地往回走,弯腰捡起那些头;

但当她伸手去取它,它的嘴唇

颤抖微笑,微微卷曲,

睫毛颤抖,明亮的眼睛

柔情地望着她。那张嘴说出:姐姐!

她站在那里,摊着手

凝视着那个头;她的嘴唇抖动,

她嗫嚅着那个沉重的词……

她一度站立着,看着周围的杀戮者们

而活着离开。没人活着离开她的手。

他们生于这无云的或阴影的深渊之上,

没有朋友,或与武器及披铠甲的朋友为友,

卷向花环和权杖,漫长的

队列,穿过漫长的岁月,而所有人,走向那终结!

多么奇特,孩子般伫立,为

一个无头的躯体战栗——又一个头

可食,冒烟,放在空置的木桩上;

如果在漫长冬天的漫漫长夜,它仍

带着痛楚的微笑凝视你,而
当你说出它的名字、渴望地向它倾身,
它的眼睛似乎在火光中变暗
然后它缓缓地,避开你,在熏眼呛鼻的烟气中——
那它是什么,除了又是一个头?如果对于你,它似乎是
整个世界,是通往一个世界的道路,其
在一瞬间失去,在那把急转而下的剑下——
而今,再一次,你的手指血液闪耀。
少女们举起她们的坛罐,倒出的水漫过你的手
带着污迹落下;而后,在潮湿的地面上
撒满闪亮的贝壳和海沙。

一种结局,属于一个国王的孩子们,
那个时代的国王。在外邦人的眼睛下,远离
他们自己的家乡——远离阿尔戈斯,或所有希腊土地的
任何城镇;对任何希腊人来说,路途
太远而不能前来援助,或带回他们的话语:
在另一个季节,几个月前,
他必已登船,扬帆,
长久地航行,而在多日之后

航行到爱琴海，直到最终他经过

西罗斯岛①，及远望的利姆诺斯岛②，来到那些海峡

那里皮奥夏③王子曾经过，在那饥饿之年，

他的母亲和她的仆人们烤焦了种子。④

（他离开祭坛和他父亲的剑，

骑着公羊奔逃，到科尔奇斯⑤：他的妹妹

逸离对他的爱，而在那半岛附近

像星星一样坠陨）；就这样，离开它的小海，

在黑海出发，疲倦不堪，沿着

那些没有房子的海岸漫游，直到他似乎是

即将逝去的秋天，或某个漫游的神——

---

① 西罗斯岛，爱琴海基克拉泽斯（Cyclades）群岛的一个中心岛屿。
② 利姆诺斯岛（Lemnos），希腊爱琴海北部岛屿，位于希腊东北大陆到土耳其海岸的中途。
③ 皮奥夏（Boeotia），又译为"维奥蒂亚"，古希腊一城邦。
④ 古希腊神话传说中，法瑞克斯（Phrixus）和赫勒（Helle）是一对双胞胎，被继母伊诺所憎恨。她设计除掉他们，首先她把皮奥夏所有农作物种子烤熟，这样土地长不出粮食。当地农民害怕饥荒，寻求神谕帮助。伊诺贿赂了那些被派去问神谕的人，让他们撒谎说神谕要求把法瑞克斯和赫勒作为牺牲。然而，在法瑞克斯和赫勒被杀之时，一只会飞的公羊救出他们。在他们的飞行中，赫勒因浩瀚海洋而晕眩，从公羊上摔下，淹死在欧亚之间的海峡，这海峡（即今达达尼尔海峡）以她的名字命名为"赫勒斯邦"（意为"赫勒海"）。
⑤ 科尔奇斯，古时黑海东岸的一个小国（今为格鲁吉亚的一个地区），这里位置优越，物产富饶，尤其黄金储量大，希腊神话中阿尔戈英雄到这里寻找金羊毛。

他抵达那野蛮的海岸；夜晚来到那儿，

独自一人，沉默，让他的船

停泊着，为航行定锚，在某个朦胧的海湾；

然后去往内陆，整个夜晚都在走路，

在他们颤抖的芦苇丛

和夜晚苍白的、畸形的花朵中——随着

缓慢的划水漂浮，经过某条

星星点点的小溪，而在西方的边缘，

月亮在下沉……夜已深，头脑更清醒，

在沼泽的死水上空，一道铁光

流动；远方，随着微弱又刺耳的叫声

一些鸟飞起。所以那天破晓

那行者持续穿行，而在前夜，他看到

陶里斯的阿耳忒弥斯神像

在她的崇拜者中，赤裸而冷酷。

这是俄瑞斯忒斯来取走的神像——

而在它的旁边，他的头和尸体摊置着。

所以那行者也许已来到；但没有人来，

没有人藏伏在那里——或用一只

沉默的手拨开草叶，看到

等高的太阳长长的光线下
人们,沉默不语,神情肃穆地望着
他们的女祭司,她,站在那儿
伸出她的手,凝视她的手,
她的手,浸透了她弟弟的血。

选自"未收集的诗"

(1934—1965)

"哦,疲乏的水手们,在此遮荫,饱食"

哦,疲乏的水手们,在此遮荫,饱食,
灰暗如波浪,睡眠的老人质,
胡须漂亮,雄辩,世界的手,
把友善大海所带的东西携到你的足下——
贝壳,光线,对严厉深渊的颂词。

在这里,也许,被掠过的沙子峰顶,
包含如此多的财富,将窘迫不安——
乌云被暴风雨撕裂而天上的黑夜
回到你身边,安息在你的海岸旁——
而弓身,壮丽,温顺,骄傲,

棕榈树将它们的枝条置于你的手里。
你的居所充满树叶和低语,
而海浪冷冷击打,醉酒般,冲进来
并把它们的手臂和声音伸向你的土地

因而有一夜，美人鱼苦痛的哭喊
回响，穿过你盲目又可怕的梦境，
而当你在吞没一切的深渊挣扎，
她绿色的生命喘息于沙滩外边。

［1934］

"在水面之上,在他们的劳苦中"

在水面之上,在他们的劳苦中
大地之歌缓缓到来
身体在他们的洞穴哭泣
当多洞室的群岛的花草

恢复它们的恐惧外观
已见到摇摆的月亮启示
戴头巾的厄勒克特拉[①]的眼眸
泪水滂沱而岛屿和烟雾

苍白地屈服,风的责任……
而当她啜泣,露水的

---

① 厄勒克特拉,阿伽门农和克吕泰涅斯特拉之女,阿伽门农被其妻所害后,厄勒克特拉鼓励其弟俄瑞斯忒斯杀死母亲及其情夫,为父亲报仇。弗洛伊德用她的名字来命名"恋父情结",称之为"厄勒克特拉情结"。

花瓣自她的肌肤,自
复仇女神手抚过的叶子伸出。

[1934]

芝　诺[①]

折向南方的燕子们成群，
盘旋，在一座空房子上方，
我离开，健忘而冷漠。

那短发男人，裹着他的被单，
坐在那里，看着那块被制成筏的木头
被海风吹向埃里亚海岸。
那只海鸟折向它歇息之处——
在这里，让我们想象一下，最初设计了
这世界形式的矛盾，
并阐述它，令人满意，意义深远……
海水和悬翼的鸥
仍在外面犯错，欺诈他的眼睛。

[①] 芝诺（也称"埃利亚的芝诺"，Zeno of Elea），希腊哲学家，诡辩论者，他提出了一系列关于运动的不可分性的哲学悖论（如飞矢不动、阿喀琉斯跑不过乌龟）。

风比他的斗篷更冷,凝滞不动。

什么羊毛能覆盖你,什么腐烂的堆叠物
装扮成面对冬天的围攻的草屋?
寒风及其雪点,杂色斑纹,赶上
一瞬间提升的注视;
这水塘,空气,或土产生的火焰
置于囚禁的线圈——啊,可怜的兄弟姐妹们!
贪婪,不牢靠,怀疑,你们这些迅捷的人质——

寒风凛凛;冬日女神们在海边,
那些染成蓝色的海上仙女,战栗着,送着秋波,
寒冽。
岬角,海角,白色的流畅披风的线
隐约呈现,向海,飞翔,缓慢,那些他已诱骗的
瞎眼的神明——这变形物,
这拼凑物,这血的胶合,
摇摇欲坠的① 静止,记忆的张口呆看;
那张钝滞的、铁青的脸,

----

① 原文为"creaking",有"嘎吱作响""勉强运转""缓慢行进""(过劳或紧张)显得虚弱"等意。

它的睫毛下遮以拒斥
暴风雨的咆哮，肿胀有毒的——
可怜的紧急事件，不幸的衰落。

你，也在沉默的行者旁边，
追踪他缓慢的脚步，因睡意渐浓而备感虚浮，
在某条黑夜遮蔽的蜿蜒小道
顺沿深处那含糊的边缘——
用羊脂涂抹，明亮的槲寄生①，
而浸满任性和傲慢，
一只蜥蜴在它们粉化的脸之下，
哦，神，有一只何等恶意的眼睛——

但，看，雪中穿行的人们
带你进家，牧羊人有他的奶酪。
你打瞌睡的房子，红脸颊多圆润，
多温暖——此刻多容易不信

---

① 这里应暗示一个北欧神话故事，以回应芝诺"飞矢不动"的命题。光明之神巴尔德尔（Baldur）做了一个噩梦，预感将遭人暗算。他的父亲主神奥丁派出传令者，让一切鸟兽草木不得伤害巴尔德尔。但传令者没传令给槲寄生，因觉得这脆弱的植物不足为害。于是火神洛基用槲寄生做成利箭，并挑动黑暗之神霍尔德尔将巴尔德尔射死。弗雷泽的《金枝》也言及这个故事。

那种有牙的、口齿不清的混淆——且看,
再一次,宽如牧羊人的尖叉,那有角的矛盾。

困惑地、无声地穿越天色,
沼泽地,渐降的深渊的人们,
他们漫游,向某个河口,某种沉至
破碎波浪下的完满——
在风暴夜死去,陡直坠下
无感觉,冷冰冰;或,像迷失的领航员,
大海路程上凝视,
而感觉,仍在你的胸膛啃咬,
那不可战胜的、变幻莫测的决心[1]——
或,翻滚着,粉碎着,绞杀着,叫喊着而看到
火箭那铁青色的、流线体的纪念物。

[1934]

---

[1] 此处原文为"resolution",有"决心""决断""解决"等多层意义。

"而她是否居于天真和欢乐之中"

而她是否居于天真和欢乐之中？
她被爱着，看顾着，一个幸福的孩子。不仅在心中，
而且，在得意和顽劣时，她忘记了她的状态；
似乎，在往昔受到谴责，

护卫者们，无言的纺工们，朝她们的纱线俯身，
变成了她思想的监护人，
又坐在时间拘谨的溪流旁沉思，
结网，雄辩，爱她们的孩子；

但她必定窒息于某种笼罩的劫数，
用被单徒然盖住她们的读物说出的修辞，
而，坠落着，哀悼云朵的王国，
然后盲目挣扎以再度获得

她一生中最无知、最野蛮的时刻。
想想她,甚至,对她的年龄的辩护,也
令人同情,充满美德,让人满足,新颖,
沿着盲者那未描画的走廊被递送:

而最终,暴力毁灭了她。
那晚,从北方转道而来的雪鸮,
头上长角,眼光轻盈,俯冲向它的猎物,
用雪白的翅膀拍倒她,

在她扭曲的身体旁,耀眼伫立
并在那瞬间,将她撕裂在墙边——
她躺在那处,为无言的满足席卷。
她一度活在辉煌中,光明中;

而如果,在世界末日,她死去,腐烂,
而别物,在悲惨和幻想中,
愉悦她那被擦过的腐败的心,用
贪婪和渴望,那些空洞的快意丛——

那是世界的邪恶?在雪地里蜡般伫立吧,
善良,无知,倔强,安全;世界的

孩子。是否有人能够

给未获救者指明福音之路?

[1935]

印度人

在夜晚的阴影和哭泣中
我梦见我游荡——在一个异乡人的海岸
我啜泣着,掂量背负之沉。
子弹多于毛皮:我看到了它们的光
片刻间闪过那些渐黯的眼睛。

我保存着战利品①、子弹——马德拉斯棉布②,
其被掠过我的妻子们的长肩的、
更凶猛的太阳晒白;我仍感觉
步枪声中的一种先见,
一个新的世界从烟雾中升起。

[1936]

---

① 原文为"scalps"(头皮),又常作"战利品"解释(源于以前美洲印第安人割取敌人带发的头皮作战利品)。
② 马德拉斯(印度港口)棉布,一种薄棉布,可做衬衫、窗帘等。

旧　诗

我一度非常了解你们，此时我仍了解你们——
不负责任的、而今不爱的我；但现在似乎是
不安又憔悴的路程的东西，你们有着，因为以前我有——
在你们身上变干、给你们留下污迹的血。
你们一度闪耀着铁，暴烈如血，又
像旧血，枯萎，变黑，消瘦；
我该如何爱你们——想来悲伤——
你们的美似乎如此刺目，缺陷又如此明了？

而它们回答：你想想后来的自己，
你的东西往后会不那么糟？或似乎更明智？
你对它们是盲目的；越往后越盲目；
而更多次，哦，更多次你会同样
不安地呻吟。我说的多于歌：所有事情已完成，一旦完成,似乎最好没完成——哦,好吧,它已完成!

［1936］

灵魂与肉体的对话

灵魂：你是罐头，我是三文鱼，
　　　你是羽毛，我是鹅，
　　　你是贝壳，而我，是牡蛎——
　　　爱我，离开我，我不能失去。

肉体：我正听到纷繁之声——是否
　　　我自己的舌头在回应我？
　　　你，这没胳膊的、没眼睛的、没智慧的奇观，
　　　没有我你会做什么？

灵魂：没有热慕者的舞者最好，
　　　没有苍蝇的马最好；
　　　正是你的舌头令我口吃，
　　　持有你的眼睛我不能正视事实。

肉体：亲爱的，你像可怜的老狮子，
　　　被张口呆视，被告知，动物园的骄傲，
　　　喘息着，咆哮着直到它想它已创造
　　　人群，笼子，还有整个世界。

灵魂：你识破这个有多久？
　　　整件事并非其他，只是一场
　　　我表演了一年的演出——而当我厌腻
　　　你将第一个离去。

肉体：现在你必定知道你将知道的东西
　　　当我吸进你最后的一口气：
　　　我们生着彼此的生，
　　　我们死于彼此的死。

灵魂：如果这是因为我厌恶于此
肉体：或者我们的末日终于来临，
灵魂与肉体：那有一件事我们一致同意——
　　　　　　这世界正迅速衰逝。

[1937]

1938 年 11 月

滑雪道顺着锥形糖伸延,
胡须装饰每一块石头。
一个小冰块的微积分,
为这时代替代我们自己之物。

上周的意念是一个池塘
或更湿透——但结冰!
啊,有那东西,周四想,
而周五给滑雪板涂了蜡。

新羔羊,是否冻住了?
咳嗽用星星装饰无边的贫民窟。
但穿过我的新红羊毛衫的
是我的手,随即头冒出。

沿着闪光的山往回走,

足迹长长,暗黑又死寂,
未来茫然又平静的田野
伸展,绝对又向前。

明天依然到来,杆子①
像欧几里得在雪粉中书写——
鸟儿和野兔的足迹更古老:
爱,爱对明天一无所知。

有何种爱,能比在这里
沿着向前的斜坡,更紧地贴附?
生者在坡上整天
扛着死者穿过雪片。

人的法令不比雪中的
一件红衬衫跑得更远。
骨头们有个嗜血的母亲?
明年,绝不知情。

[1941]

---

① 原文"poles",它的大写形式"Poles"即表示"波兰人",从而暗示 1939 年第二次世界大战的爆发。

乡村是

(这应该是对玛丽安·摩尔小姐的诗的戏仿。
我希望它是精确的、赞赏的,还有一点挑剔。)

所有山丘所有有趣的东西——在一个田野
一个谷仓旁,一个大草堆旁,有两只"真实的
　　全新的小羊"
　　　　三只母羊,其太"不确定它们的
当选"而根本不能审判,或比羔羊们
　　要求更多的
　　　　东西——也许为另一只
　　　　羔羊所相信,但不为其他的

事物相信。那朵"不可思议的、见过一两次的"
怪异的花"被露水打湿",被泪水痛击,似乎是
　　健康的,在
　　　　这挨饿的奇想的锯屑般的

低能儿、破烂混血儿、稻草人、杂种旁边，有着它的
  胚胎那
    普遍性的粉红猪头——不
    适合土地，正如谁都知道

除了一只母羊。然而，显然没人
会"严重地伤害或诅咒"一个
  如此无辜的
    处女——更别说"煮沸，屠杀，等等
等等"，如可怜的库伯兰①强有力
  写下的：
    意味深长的男高音。一只认为那三者
    都是他的母亲，而不确定地

腾跃向每一只，以无关节的、不优雅的
笨拙难看的八字脚的蹒跚，仿佛不面对
  其他，只面对
    快乐：成熟中的弱智者

---

① 弗朗索瓦·库伯兰（François Couperin，1668—1733），法国巴洛克时期作曲家及风琴家，他的音乐经常被形容为"高贵的""温柔的""有教养的""诗一般的""华丽的""完美的"。

在这些严谨的音阶上完善它的

  华彩乐段,

    有角的公羊压倒性的

    应和圣歌。另一只抬起他的头

一英寸,然后让它落下,伴随一种决定性
——其为在谷仓旁吃草的母羊们熟悉,

  为那个

    有理解力的农夫

所熟悉,如同出生,但对于羔羊同样

  还不常见,

    羔羊可能也不认识

    出生。正如那个牛津冠军

和其他注定失败的事业(如
经典名著,如那个"看到生命,

  稳定地看到

    它的整体"[①] 的人)"广而告之的",

[①] 出自英国诗人马修·阿诺德(Matthew Arnold,1822—1888)的诗《致一位朋友》。

索福克勒斯①得到"约二十次"每一名,仍
　　认为:死
　　　　比活好,但最好是
　　　　不出生。用死羔羊

测试这种应答吧,而它像一口钟响起:
铁。那活着的羔羊笨拙而愉快的②
　　步态是博学的,
　　　　精确的,在某种程度上
是辉煌的,但终究扮演,一种
　　预备
　　　　而不是绵羊本质的
　　　　　　生命——其哑默无声,但属于它们,是
真实的。

[1942]

---

① 索福克勒斯,雅典三大悲剧作家之一,他既相信神和命运的无上威力,又要求人们具有独立自主的精神,并对自己的行为负责。和埃斯库罗斯不同,索福克勒斯认为命运不再是具体的神,而是一种抽象的概念。
② 此处原文为"bright",有"闪亮的""生机的""聪明的"等意。

一本教科书的时间和自在之物

我读得很快:所有以更简单的术语言说的
古老的陈词滥调,对于没时间
或不想界定他们所知
所思的东西的学生,已太好了:时间。
(就像滑冰者,对他们而言冰只是
将确定性给予最迅捷的脚的空间)
他们走得太快以致不能怀疑或确信,
而写道,K 说它的方式是感知。①
这些天,在我的脑海,方式是**理性**。

让我更仔细地察视这一切:**事物**
是——"你已走得太快"
理性嘎嘎叫,像一只白嘴鸦或罗伯特·布朗宁②;

---

① 康德认为时间是一种感知方式。
② 罗伯特·勃朗宁(Robert Browning,1812—1889),英国诗人、剧作家。他的诗以善用戏剧性独白的技巧闻名。

"因为事物是单个的，暗含多元性——
如果**事物**是一切，谁会想到称之为事物？
而，如果不把事物从别物中挑出，
怎样说'the'①：这预设了空间
和性质——我们用某种东西，来挑出它。
而那个是②，那个是！我不能忍受那个是！"

相比之下，我能忍受更多，我想。
有这么多的**理性**，就没有哲学。
有走得太慢这么一件事。
仅凭你自己的温暖就会蚀穿任何冰
如果你坐着捕鱼够久：捕鱼者
跌落在他从自拉鱼的**无**之中
而除了在教科书中再也没出现过，
在教科书中，他和他的鱼获得一种惨白的光彩
仿佛——仿佛鱼，至少，是腐烂的。

[1942]

---

① 英语中表示特指的定冠词。
② 原文为"is"。

十一月的鬼魂们

雨在乌云的光中倾斜,
我经过那里,湿漉漉,苍白而寒冷,
漫无目的地在老路上走。
钟声似乎被风平息,
我用颤抖又肮脏的双手数数
并捏了我僵硬的脸。
因而我所唱到的他经过,低语:
"而我必须在暴风雨中游荡。"

夜晚女王明亮的脸
或拄杖的驼背老人:
在更暖的岁月,你看到过他们显现,
经过湿草堆,田野那些半镀银的稻草;
你,融入西风和蒙面纱的空气,
被杂草的锯所阻拦,或许已听到
给她老旧的齿轮抹油的**夜晚**的咯吱声音——

想象她,在像镰刀、又似新月的车中的温柔模样。

那么谁爱着你们?一朵云?一颗星。
她从古老闪光的女王盲目的
裙裾边向你们招手,
拖着萤火虫的光的路线
穿过夜空背景的窗格——
不知道你们的眼睛能辨识的
只有你们,露珠点点,不幸又渴望,
她从弯曲的窗格回望你们。

[1943]

实验室

在技术人员的灌木丛
阿拉伯式梦魇聚集成群;
　　我加热了培养基
　　给它们换了水
并数着这些生物,直至我头晕。

被锯屑和铁丝网确认,
机灵的啮齿动物候等着
　　死去,在老师们
　　和孩子们预设的
配量和稀奇的准备工作上。

我杀了够多的青蛙存于沼泽
或让一只挨饿的鹳鸟窘困,
　　而在第一例之后
　　我没感到懊悔——

这只是这工作的一部分。

我开始习惯性地意识到
绞刑吏为何没感到疑虑；
  教堂司事①也没
   在泥块砸落的
脸上看到什么新东西：

当十字架被兑换为代码②
且取代天平的是一个耙子③，
  猪对**鸽子**把口开：
  "难道你非我所爱，
今晚我们可结婚，由**蛇**主持。"

[1943]

---

① 教堂司事，专职负责照看教堂、挖掘墓地、敲钟等事务的工作人员。
② 此处原文"cipher"，有"密码""暗号""零""数位"多义，故而此句有多种暗示，十字架变成了"密码""无""钱"等。
③ 此处原文 rake，有"耙子""斜度""钱耙""放荡者""浪子"多义，因此这里可指天平的"倾斜"（变成了"钱耙"）或其他意义。

诙谐曲

坐在椅上，吃桌上的东西，
很恰当，很礼貌，很舒适——
　　他们大致这么说；
我也这么说，我猜我了解，
如果我以前不了解，我想，我仍将会了解——
　　这是一种方式。

你的熟人们称为生命的那些错误，
是穷人们土褐色的惯常的灾难，
他们从童话跌入欧洲——
两脚冻僵在空气中的樵夫
僵硬如指南针，在银行家
派往冬天的救援轰炸机之下：
我坐在椅上，读着它们。

而我是他们；我们全都堕落。

每年我像其他傻瓜谈得更多,
像更少的人撒更多的谎,而我几乎被人喜欢——
这重要吗?我所爱的一切死去,
甚至我那些祈望也凋亡在这
因我们的时代而在地上晦暗的冬天。
雪落在不公正者身上,并不公正。

在我将死于其中的细胞中,如果我渴望
一种生命,如果我渴望我的死亡,
　　　这重要吗?为何要在乎?
有人在乎?从你的椅子起身——
有更好的么?谁在乎?
　　　一切已结束。

[1944]

墨西哥一个印第安市场

蜜蜂们在吃糖,
大狗们像皮草
睡在过道,在那里孩子们摸着
婴儿们或猫儿们,他们的母亲
在售卖或偷窃某种食物……
就在那里:好或不好,它
像一个宇宙运行。

去对他们的好说不好,去廉价地获取
一种盘盘碟碟的平民生活,
这,对于异乡人,轻易如生活,
冷淡,公平,油腻
当猫儿们睡在它们的细绳上……
当它们盯着一只消瘦的
流浪猫,笼中鸟拍打着翅膀。

[1945]

磨坊主

在月光颤抖的堤岸和水闸上,
　狐狸偷偷经过小溪,
溪流绕向磨坊鼠从磨坊主的
　梦中醒来的地方。

鱼在磨坊池的黑色中游动,
　那母水獭的黑色,
磨坊鼠在麻袋上方凝视
　磨坊主的水,在那儿

磨坊主的女儿在自己的
　夜晚茫然摆动;
而轮子转动,畅意运转
　直至日光初现。

[1945]

死　者

我若当日像寻常人在以弗所
同野兽战斗，那于我有什么益处呢？
若死人不复活。①

　黄土下的那个迷宫②
仍收取它的贡品。朝圣者在魏玛，
来了又走，罗马所有的坟墓绿意葱葱；
　这里亚伯③活了一个月，那里门德尔保留他的铲子④。

---

① 引自《圣经·新约·哥林多前书》(15: 32)。
② 这里及下文涉及古希腊半牛半人怪物米诺陶洛斯的传说：米诺陶洛斯在克里特岛的米诺斯迷宫中，以进贡的人肉为食，雅典王子忒修斯自愿充当纳贡品，以便入宫杀怪物。忒修斯到克里特岛后，公主阿里阿德涅对他一见钟情，送他线球和利剑。忒修斯将线头系好，带线入迷宫找到怪物并杀死它。
③ 亚伯，《圣经》中亚当的次子，为其兄该隐所杀。
④ 孟德尔（Gregor Johann Mendel, 1822—1884），奥地利遗传学家、天主教圣职人员、遗传学的奠基人。据记载，孟德尔有奇特的性变态倾向，当教皇庇护九世不满孟德尔的科学著作愤怒地去找他时，（转下页）

世界把另一个头颅扔进沙袋。

　克诺索斯①，维也纳
处处古冢，叶片状的剑的锈迹。
曾对着裸胸的星系（彰显制海权的
星饰彩陶）咆哮的公牛们，现在
是哈布斯堡家族②婚礼踏步的华尔兹舞者；

　那乌合之众，土耳其人
扫净为粗野的卡尔哭泣的聋鬼魂。
充血的头脑把鲜血的线
绕入迷宫；而那野兽的背叛者
在那有角的人尸上梦见——一个**救世主**。

　而他也是历史：
得救者的藏尸处，被告密者刷白的
圣体安置所——人类古老极痛的墓冢：

（接上页）却发现门德尔和他最喜欢的豌豆植物"莫妮卡"、一个僧侣、一个祭台助手和一把铲子享受着强烈的性体验。
① 克诺索斯，克里特岛上的一个米诺斯文明遗迹，被认为是传说中的米诺斯王的王宫。
② 哈布斯堡家族，欧洲历史上最为显赫、统治地域最广的王室之一。其家族成员曾出任神圣罗马帝国皇帝、奥地利公爵、大公、奥地利皇帝、匈牙利国王、波希米亚国王、西班牙国王、葡萄牙国王等。

所有被爱而不爱者,皆
冷漠于他的肢体最后的收缩。

  迷惘于那座大坟墓
那灵魂攫住它最后的线;在柏树旁边
它从诸多春天择取**记忆**的春天,
叫喊:"我是地球和星光天堂的孩子,
但我的种族只属于**天堂**。"但它的种族只属于
大地。

[1946]

一个鬼故事

狐狸从羽毛中抬起头
　　凝视着空中的鹅;
一首歌从塔的栏杆飘向
　　猪圈中沉睡的母猪。

被压碎或折叠的花
　　在月亮的灰中灰白;
月光梦见了月光。
　　曲调怅然的涡旋

像麦浪从空塔的光中
　　向牧羊人荡漾。
他打着盹,朦胧的月落下。
　　那声音在笑,一遍遍。

蟋蟀尖锐的嘶鸣声

消逝;一声轻柔长叹
在孤独山谷拖行伸延,
　　树叶翻动,茫然。

[1947]

教堂塔钟

(既然第二次基督的降临预计在公元1000年,
在十世纪的最后几年,欧洲
大部分地区已停止了公共建筑工程。)

人在其时代多耐心!白昼
短促,对于他,那指针越过他的手
进入时辰,轮子呼呼飞奔,而那些
铁侏儒黑暗中奔出,进入
在石头上急躁燃烧的日光,在那里
牧羊人放牧着,或寻找那颗
一度预示他们的变化的星:耐心地寻找。

而今,时日无多:工匠们这么说,
在千禧年的最后几年。
在八十年代、九十年代,最后一幢建筑停工。
风向标,在这座教堂上

岩石般凝静，模仿①恒久的
彼得；十字形死去，倒置②，石像
灰色的头渴念它的坟墓。
热切又急躁石头③
安抚雕刻匠们（他们在等待；等待中死去）
而通报**来临**的星辰，或一颗
有长须的彗星，在终极的诸天中闪耀。

到1004年，人们已回到石头前。
但耐心些！耐心些！飞越时间的
信使们叫道，急躁
如照亮雕刻这些信使的工匠的光——
而那只鸟飘向**创世**手势中
那只**手**的影子。
粗糙，风化，变白成为石头，
那些缓慢的手敲打着它们的石**手**：
光的种子被抛入深渊。
雨降下，风来临；而多少世纪

---

① 原文为"mock"，这里有"模仿"和"嘲笑"的双关义。
② 圣彼得在被钉死于十字架时，请求倒挂在架上，因为他觉得他不配和耶稣以同样的方式（正挂）被钉死。
③ 在耶稣众门徒中，彼得以热情而暴躁的性格著称。

过去。孩子问:"那是什么?"
天使的翅膀像蝙蝠翼,没有羽毛,
手磨损成石头的蹼——
那只公鸡,一根锈笞条,
怎能对矶法①那开裂的团块报晓,就一次?

拯救的形象们磨损为
这些罗马数字,**手**②
在世界毫无意义的圆圈中旋转。
日落时,黑侏儒们跑进了太阳,
手势,撤退到诅咒中。

[1947]

---

① 矶法(Cephas,亚兰语,意即"磐石""石头"),圣徒彼得的另一个称谓。见《圣经·新约·约翰福音》(1:42):于是领他去见耶稣。耶稣看着他说:"你是约翰的儿子西门,('约翰'在《马太福音》16章17节称'约拿')你要称为矶法。('矶法'翻出来就是'彼得')"。
② 此处原文为"Hand",又可指"指针"。

公主在林中醒来

天暗下；我很冷。
它现在何处，这夜晚？
在我的头和树之间
有人已铺展黄金。
随即我会理解
这一切：但此刻我看到。
我飘浮在这里的光中。
……但这一切穿过汝而奔向我。

我闭上眼，而这棵
在我胸膛中整夜颤抖的
树——
   它现在何处，这棵树？
一根树枝，一个幽暗信念
留于我松开的手
在光中揉成光。

白昼压低了大地。
……但这一切穿过汝而奔向我。

我们所有的道路返回,引至这世界。
我,曾是——一切;我不知道——
现在是——我是——
　　　　　　　我不知道。
我在这里醒来,这是一个
又一个世界:在它们之间,一个世界……
夜,将它的星辰垂至我的胸脯,
孩子——诸多世界的孩子,这第一个太阳的孩子:
所有这些——所有这些,在汝之中,和我,为一体。

[1950]

全或无[①]

每年，正当花儿

落下，蓓蕾从树枝上卷曲

我听到天空一个惊奇的声音：

那只整年在它转动的房子上

打瞌睡的铜鸟，已

再次在血管里感到，一种绿色的

开始：一种可怕的颤栗

贯穿了它的身体——新生命，

在春天时分，来到一切身上，除了我们的生活。

雏鸟们，从它们的蛋壳

狂躁地呼唤天空，

天空把祝福，像时辰，雨点般

[①] 全或无（All or none），原为生理神经术语，指神经元对刺激一旦发生反应，便呈现最大的"全"反应；"无"，就是对阈限下的刺激不发生反应及反应后一定时间内亦不再发生反应。

洒落在它们伸张的鸟嘴:去活,去死。
全或无:所有都这样。
"真实的太阳

是观者的眼,"
观者说,翻过
总有一天会被风翻过的纸页;
"每年我老了一岁。
而街上的人们年轻了一岁。"
世界总是同一年龄。

[1951]

塔

他懒散地投出他的眼光,掠过
城市收缩的灰色街区,
他声称看到的地球斑块。
他的世界奔跑,消失于传闻中:
陌生人们从空间群岛挥手,
一声叫喊或一句话从诸多过去浮起;
甚至他的心也搏跳着,孩子,我不是你。
他听到已听到的:陌生人们的呼喊。

这座他工作的塔显示他在一个小世界
似乎很庞大,他的手遮住了一个城镇;
在他影子投落之处,人们惶恐不安。
而在地里流汗的所有俾格米人 [①]

[①] 俾格米人,并不是一个种族,这一名称源于古希腊人对于非洲中部矮人的称谓。非洲中部的尼格利罗人是最著名的矮人,俾格米人的名称多半指他们。

好像他,真的——但在如此的一个刻度上!
在跑步者们量出他们的英寸那里
什么胸膛巨大到足以负起他的脑袋?
主啊,在你造我的这尘世,我孤独无依。

伙计,你可能得知
你不是格列弗①?你从那人身上了解到,他
从广袤视域凝视这塔的小虫
又看到那些不被注意的星星航行得
这么远,以致他叹息,心想
它们比他最小的愿望还小——没用,除了
让他希望,使他恼怒?……
而,格列弗,你希望什么,有什么关系?

但希望……你的生命是什么,除了是一个希望——一声呼喊,
未被听到,无回应,无关紧要?一个人把故事
投在故事上,经过千扇窗户,

---

① 英国作家乔纳森·斯威夫特(Jonathan Swift,1667—1745)寓言小说《格列弗游记》中的人物,这部小说记述了格列弗坐船出海在小人国、大人国、飞岛国、慧骃国的奇遇,以此映射当时英国的种种政治和社会现象。

空洞办公室的空茫眼睛；或者，如果有人在那儿，

他为何要看？如果有人看到，

他为何要关切？而，不管关不关切，

他能做什么？那人在下坠。

但小心，当你可以小心：你也在下坠。①

---

① 这个段落回应奥登《美术馆》的诗句和议题（"在勃鲁盖尔的'伊卡鲁斯'里，比如说；/ 一切是多么安闲地从那桩灾难转过脸：/ 农夫或许听到了堕水的声音 / 和那绝望的呼喊……"）(查良铮译)。

被抛弃的女孩

（仿爱德华·莫里克[①]）

在公鸡啼叫之前，
　　最小的星渐隐，
我就跪在炉边这里
　　直至火已燃起。

温暖光线如此绚美。
　　火焰急急翱翔。
我凝视而无视
　　沉陷于我的痛苦。

这漫漫长夜
　　一下子我忆起

[①] 爱德华·弗里德里希·莫里克（Eduard Friedrich Mörike，1804—1875），德国浪漫主义诗人、作家。

亲爱的人，邪恶的人，
　我梦见了你。

而当我回想，泪珠
　一颗颗奔涌而至。
就这样白昼重临——
　但愿一切休止！

[1952]

作者致读者[①]

我读到,路德说过(它常如此
在我心中萦绕,以致我把它变成韵律):
即使,明天是世界的末日
我也会种下我的小苹果树。
这里,读者,有我的小苹果树。

[1962]

---

① 这是贾雷尔 1962 年出版的评论集《超市里一颗悲伤的心》的题辞。

花栗鼠的一天[1]

灌木丛进进出出,攀上常春藤,
钻入老橡树桩
旁边的洞中,花栗鼠闪现。
它爬上杆

冲进装满种籽的喂食器,
食物沾满脸腮,
山雀和花雀责骂它。
它飞奔而下。

红如树叶,风吹落的枫叶,
红如狐狸,
身纹像臭鼬,花栗鼠吹着口哨
经过双人沙发,经过邮箱,

---

[1] 这首诗来自贾雷尔的儿童故事《蝙蝠诗人》。

沿着小路,回到
它塞满可吃的香甜物的
温暖洞穴。
它前足灵巧,纤细,发亮

蜷缩在胸部,它坐在那里而太阳
用最后的光
给绯红的西方描画条纹:花栗鼠
潜入它的梦乡。

[1964]

选自"未发表的诗歌"

(1935—1965)

他

我整天坐在一间银行外面，
一盒烟蒂在我有垫料的残肢旁，
或戴着眼镜，拿着杯子拄杖走路
穿过报童说是白天之物。

在乡村公路上，在血液和皮衣中，
像一个结巴的词被叨念着的我的躯干
说，司机，太看得起我了
而感觉你营造的世界冰一样破碎。

我是那感知，在那张被吻的、你把它压到
玻璃里的脸之下；孤独，皱着眉
我候于你永不会离开的房间。
你像常春藤，果肉般覆盖我；而我等待着

像一个你不认识的词，在一本你将

会读的小说里:一个你将会认识的词。
不需要跑;你无法逃离
你不了解的东西。然而,跑吧,然而,看吧,

当你可以跑时,当你可以看时——
死吧,当你可以死时。明天
你将不再害怕,你将会醒来
并以你的新声音低语:"我就是他。"

[1939]

这棵树

当我看那棵树,树枝还在颤抖,
因而肯定有一只鸟
瞬间闪现并把它的运动
留给死寂的树林。

但是树枝已静息;树记住的东西
有谁可告知?
我没有改变,我没有忘记……
我仍在等待。

[1939 ?]

春天的树木

我们望着那山楂树,怀着无助的欢愉,
如挪亚的喜泣——当颤抖的鸽子
投下树叶,吐出它无知的叹息①。
在千种焦虑表情之后,在他全部的眼泪

滑过他无敌的胡子,倒入荒野的水之后——
那温柔的声音,和视象,对于他超越
禽兽们,在雨中旅程中更为吵闹、不断
烦扰他的老耳朵的亲族的所有低鸣。

山楂树有福了!然而,谁祝福它们?
我们可以呼唤谁来祝福它们?它们是祝福。

[1941]

---

① 参见《圣经·旧约·创世记 8:11》,挪亚第二次放出鸽子,鸽子衔着橄榄叶回来,显示洪水已消退。

"那只兔子奔向它的树林边"

那只兔子奔向它的树林边
用三次笨拙的跳跃,而我停下,悲伤、
私密而疲惫,在树林、农夫和普通美景的
稳固的新春天,
我不能理解而痴爱着。

我的新鞋子和新衬衫
(我的春天,以它们的方式)在我或其他人看来
是一种可怜的成功;而我
年复一年爬到农夫的房子——
那里没人认识我;农夫的儿子、

一头母猪、一匹马和农夫的妻子,
所有都站在院子里盯着我。
随你喜欢尽管看。我正走过,
你不会再见到我。而你可以忘记

你曾见过我;如果你见过我。

但这男孩不知情而挥手,
那头猪对我咕噜。我妻子曾对我说,
"我是真实的,你是真实的":意思是,只有一个故事
像笨蛋有快乐,而石膏脑袋们
都友好,每一个恒定特征都充满爱。

这里没人相遇;而爱是药物,
瞬息间急驰过闪烁的陌生人
(其无名无闻,从绝望的手臂
跌落)明亮的肢体——真实的、
在血泊中搏动的心脏。

[1942?]

死　去

"女人,"当男人说到他,而女人说,"男人。"
尸体一言不发,衣服被除去,
躺着,像一个废弃的词,一个也已死去的
姑妈的书信;死了,死了,所有的——所有的嘴唇
随即说;只活一次;然后被密封,我们不再处于
一个人不尽相同的语言的概念中,
是没被想到、或不怎么被想到的东西,男孩
打碎的灯泡,当它不再发光。

[1942]

告别交响曲

数英里外,以前,一年,一年,
　　他们都在弹奏。
这都在我的脑海,现在……
　　但有东西在敲击

响亮过少数留下之物,急降的
　　夜的缓慢音符;
人们踮足进入黑暗,
　　音符消失了,而光

静寂直到我僵硬的喉咙锁住
　　而一个音符,一束光——一个,一束——
持续:然后歌,光,听者
　　颤抖,消逝。

[1947?]

时代变得糟糕

如果十六个影子在绳子上摇晃
所有因染蓝而光亮——**末日早晨**的洗涤——
吹着口哨,"那是多虑的,比恩太太,"
我告诉自己,我尝试:一个梦,一个梦。
但我那方格花纹眼镜水粉画般暗淡无光;
此时,是星期天,我已完成所有的连环画,
我还没完成所有的连环画。人们
整天进门(来审判我)而不敲门——
我的陪审员们:这些公平的、粗俗的、友好的
幽影。
我祖母的剪花园,
我曾曾曾祖父脚底有厚肉的小牛们
(被迎候,在鸡啼声中,伴随莉莉丝,他
那贵贱通婚①的首个妻子的温柔微笑)

---

① 贵贱通婚,指贵族子弟与平民妇女结婚;婚后其妻与子女不得继承其夫或父之爵位或财产。

都只是一个 E.T.W. 霍夫曼 ① 的故事。
当**艺术**消逝，留下的是**生命**。②
未来的**世界**不会半途而废：
生命是"像妈妈常酿的葡萄酒 ③——
如此丰饶，你几乎可以用刀切它。"

[1947 ?]

---

① E.T.A. 霍夫曼（即恩斯特·特奥多尔·威廉·霍夫曼，Ernst Theodor Wilhelm Hoffmann，1776—1822，笔名 E.T.A. 霍夫曼），德国浪漫主义作家、作曲家，其作品以风格怪异著称。
② 这是"当生命消逝，留下的是艺术"的反说。
③ 一句广为流传的葡萄酒广告语。

"那地方仍空置"

那地方仍空置,
只有一栋五层的砖砌公寓。
红黏土,红小溪在混凝土下面。
在 4-C 晾衣绳的衣夹上
一只蝴蝶自然落下
离我的手一码。太远了,不能倾身——
我为什么要倾身?

     多年前,几码下面,
光着脚,睁大眼睛,我踮起脚尖
穿过纷乱的草叶向叶子伸手
在那里,一度金粉的、孔雀眼的蝴蝶
盘旋着——太远了,不能伸手,
然而我还是伸手。我为一切而伸手。

在那些日子里,蟋蟀们用眼睛望着我,
我的山羊的凝视擦过我的头发。

世界是一种不同的尺码,

一个不同的时代:有巨人,那些日子。

雪落在他们额边,他们

用一种不同的语言,在我的头顶隆隆发声。

野兽和我在他们足下玩耍,

分享或忍受他们面容的气候。

[1947?]

有玻璃,有星星

不管绕着山走,还是走过了山,
人最终来到了城镇。
城里有许多日子,和
日子终了的一天。
人站在车站,而火车
已晚点。即便如此,仍有一列火车。

我把你的行李放在车厢。
那些脸庞,在黑暗中,
空洞醒来,或睡意正浓。
在这里,丧失的光中
我们的手在痛苦中被铁线缠绕
而它们被拽拖的感觉奔逃,进入空间。
说你说过的吧,而我,会说
我说过的。
    一切都没有终了。

即便，那时日子终了；
即便那时你的眼睛最终
被牵引，经过海洋和城市，离开我的眼睛；
即便，当我从轨道的黑暗转向
车站空洞的光线，在应和一个渐弱的压力之后
在我的嘴唇上感觉，空间；
即便，当我们各自，
再次低语，我们在一起低语的
东西——而我们、语言和世界
被注入一个梦——
记住，所有这些，甚至这些
也是我们从中醒来的梦；
这些最后的、但不是永远的东西；
记住，在痛苦之后，在丧失之后
只有爱。

[1948]

城市，城市

关掉灯，转过身，闭上你的眼睛。
仍没有黑暗：光从指示牌那里进来。

用你的胳膊你的枕头裹住你的脑袋。
仍没有静息：声音从那大街进来。

至此嗅觉，至此味觉，至此触觉——你的睡眠
完全被弄脏……尽管如此，做梦吧：许久前叶子

朝着蜻蜓摇摆，广袤天空之翼
触摸你，像软毛，用它们的金色粉尘：因而你一度存在

又不存在？因而此刻你存在
又不存在？当，此刻，在渴念中，

在嫌恶中,你伸出你的双臂,越过他的
城市,城市!——伸向那个世界,在那里面,无物之处

总有某物;而经过那物的是
别物:而所有这些东西加入了无物。

[1950]

科学的浪漫

那人由于那些传说想起那支火箭,它
属于那老科学家和他的朋友,一个男孩所有:
他们给它起名,它把他们送上月球。
在那里,他们命名环形山、山脉和一种矿石,
而被他们的厨师,一个偷渡者逗得乐翻天。
他们给他取了什么绰号?那人已忘记。
但记得那个声音缓慢遇乱不惊的人,
那个没用的男孩,及他们风趣的厨师……
而都没发生什么状况,**脑袋**,**心脏**
和他们可怜谦卑的**身体**,在月球上。

那人在他的环形山挪移,想:"然后呢?"
那人苦笑,而故事结束了:
好事而无害的疯子们从**太空**
燃起火焰回家;他们的飞船闪烁,梦一般,

在神智正常者更简单的烟火中。

出售！国家们喊叫；它们开出它们的价格。

［1950？］

维纳斯的诞生

霹雳击中了海洋。
一个狂怒的海浪
把她从深渊抛到岸边。她
站在齐膝深的水中,被
湿漉漉的粘着污泥的海草网住。
为了回到潮湿的家,小螃蟹们
从她身上窜下来,
星鱼和海胆从她的头和肩掉落下来。
她抬起双臂,揉擦她有沙的眼睛——
眼睛仍看到那个森林,其浮着珊瑚、
海葵电鱼,及
种种柔软的、浅色调的生物:
深渊中伪装成
天堂花朵的杀手们。

霹雳击打那个缩在

红色峭壁间的渔村,它的
几间小屋倒塌在海里:
此时她没什么可怕——诸天已湮灭那些
了解她可耻出身的目击者。
一朵乌云降下雨水,它猛烈的水流
涤净她身上的黏液污泥。
落日的余晖中
她的身体因珍珠母的
道道彩虹发光。泻下雨水之后,那朵云
把一张透明的纱抛到她的身上。
她,谨慎地呼吸
这地上不习惯的刺鼻空气,暗自
微笑,离开海滩
走向最近的客栈,那里,有一些过路的
商人,即便今晚,她也会开始她那快乐的,肮脏的,
溢满无法估量的凯旋的
尘世生命。

[1952]

梦

夜已深,我的姊妹。
在那扇门外面,大海打着鼾声,
它整晚梦见汝。
月亮像美洲豹在山上张望,
而用它的银毛皮蹭着汝的足边。
那达克斯猎狗① 在它的梦乡呜咽。

夜已深,我的姊妹。
在峭壁的外面,海豹们在酣眠,
它们整晚梦见汝。
白炉子燃烧,发出嘶嘶声,
黑暗把手指放在嘴唇。
孩子们在他们的梦乡拼写。

---

① 达克斯猎狗,一种短腿长身的德国种猎犬。

夜已深,我的姊妹。
远在屋顶之上,星星们在翻身,
世界梦见了汝。
合上汝的眼睑吧,用星光的睫毛缝合,
紧紧抱住我——
我整晚在汝的梦乡酣眠。

[1952]

夏日学校

在蟋蟀中间的某个地方
在诸多声音,谁的声音旁;在空气中
像谁的肉体,置于我的脸前
某种东西像汗水滑下黑夜
——在那里,某处,一架钢琴
像损坏一切的东西弹奏着,一根血管通过搏动支持它。

我周遭的生活持续着,像
不能自我忍受的不安,那锁在存在的悠闲的
不安,而生活不再是
而只是诸专业。你的专业是什么?
傍晚时,如果你看着悬于
每个脖子的牌照,其在头灯下,像小盒式挂链,
你会看到一个字母置于全称前。

这字母指明专业。

如果你从生者回到死者当中，回到这些

死在这里而仍没死、只是言说——言说的东西当中——

你将会被摄谱①，被否定，被解释，

已把一根有力的手指，放到你的唇边

吮吸你全部的死——但终止在

"奇迹信仰系"铺软木地板防空洞式的

新实验室一只瓶子里的漂浮。

"一个**胚胎**，"下面的卡片会说明。

因生即是死：一个早期阶段，

孩子气，但仍预示着死。死者

能理解一切，理解生命的

一切事物，除了这最后的荒谬，即

他们会希望活着。

     生命是——啊，生命：

它是我们一切的恶的共有之物。

为了一次生命去交换千种灾疾，去感受

没有灾疾，只有死亡，去感受没有灾疾——

---

① 摄谱，每种元素的原子在能量激发时能辐射出特定波长的光谱线，根据光谱线可判断（即"译谱"）某元素存在与否。

这难道不是幸福？如果不是幸福，

仍是满意？再或，如果不是满意，那是死亡？

［1952］

完美的爱情驱逐一切

我们躺着如诸神,
忘记了所有,
在我们自己的存在中终结。
人的快乐合乎情理;快乐足够大
即超越了理由。

[1954]

对一只橘子的爱

普罗柯菲耶夫①生病的王子不会笑。

这大婴儿坐在那里呼号

哦喔!哦喔!这叫声满足了

观众中的大婴儿们,他们在欢笑。

但他们中的几个看来很困惑。

这哦喔!哦喔!让他们想起了——

《鲍里斯·戈都诺夫》②的傻子③

呼号,血,血,罗斯——哭吧,哭吧,俄罗

---

① 谢尔盖·谢尔盖耶维奇·普罗科菲耶夫(1891—1953),苏联著名作曲家、钢琴家。这首诗题目从普罗科菲耶夫的荒诞歌剧《对三只橘子的爱》转化而来。在《对三只橘子的爱》中,国王的儿子,即王子因过于迷恋悲剧而陷于忧郁不会发笑。
② 《鲍里斯·戈都诺夫》,俄国作曲家 M.P. 穆索尔斯基根据诗人普希金的同名历史剧编写剧本并作曲的四幕歌剧,1874 年在彼得堡首演。鲍里斯·戈都诺夫,俄国沙皇伊凡雷帝的大臣,谋杀伊凡雷帝的儿子季米特里后篡位当皇帝。
③ 《鲍里斯·戈都诺夫》第四幕中,有一位人物"傻子",鲍里斯·戈都诺夫称他为"疯僧"。

斯人——

　　合着同一音调。他们已对一个笑,
　　对另一个呼号;但这一个即另一个。
　　王子和傻子呼号,*母亲！母亲！*
　　而观众中的大婴儿们都在呼号。

　　［1964］

符　号

吃了鲭鱼，喝了牛奶
他们睡着了，像两串刺绣丝线
在滑翔机里。这孩子念着："这真遗憾！"
而在一块纤维板上画，**自由的小猫咪**。

[1964]

野鸟们

在我们的愿望和我们的利益的
清晰大气中,他们
和我们的存在的
商品广告商表达他们清晰的利益,他们清晰的
愿望,清晰地,年复一年。
他们所说的,如他们所说,
符合我们的利益,符合他们的利益。
解释了那难以理解之物,摒弃那无法忍受之物,
在生中,在死中,为我们预示,一种清晰的
拯救,
按他们的说法,一切都清澈透明
除了我们的、他们的利益;
而这些在那里,清晰地在那里,晦暗地在那里,在那里
不管如何。
  不管什么?

不管生，不管死，
不管如何。

但那些其他之物——我们不确定它们——
它们对我们言说——但我们并不清楚——
来自大气，梦变清澈、梦变晦暗，
在其中，生着黑暗的生，死着明亮的
死，在黑暗或光线中，昏暗
如，它们所映照，梦见它们的我们是昏暗的：
它们，称死为死、生为生、
无法忍受的为我们所忍受的：
它们，整夜拍打我们的栏栅，早晨又把
有毒的浆果投入我们驯顺的、玷污的鸟嘴——
哦，黑暗的同伴们，
你们给我们带来爱的真相：笼中鸟爱它的栏栅。

［1950？—1964］

尊贵之人

他注视着。注视着。狂喜地注视着,
纯粹的狂喜,纯粹的——
      注视着什么?什么东西?
他的精神已进入他的视野
而当光线凝定,别处,是黑暗:
比光更古老的、以"祈愿星辰"(其自从
首个天堂完全打开以来未被看见)的黑暗
装饰的黑暗。啊,祈愿泉,在那儿
所有事物的根都坠入水里!

他凝视一座天鹅雕像的绒毛,
而天鹅那 S 形的、未被注视的雪花石膏,
被他注视的光照亮,在纯粹的诱惑中
朝他闪烁。看,他的黑眼睛是如何照亮他的雕像,
它的小嘴,甜蜜的嘴,永远甜蜜,

永远闭合。在至福中我接近了自己,
但何为至福?存在即是美,
雕像说,它闭着嘴,石膏塑成,静默着。
我祈望什么?醒来,被聆听的人,在
最后的音符中听到,通过
雪花石膏的心(黑色的心、静寂的心)的搏动。
触摸我吧,我会醒来,
石嘴唇对雕塑家的石耳朵说。

他狂喜地注视它们——入迷,入迷——
张开他的嘴唇在超自然的乙醚中
吸吮:创造者,尊贵之人
用他的手触摸石头,让它成为石头。

——另一座石雕。
看看第二尊雕像如何变小,
变圆,嘴巴,而今是一处鼓起
而奶水丰足的、乳头突起的乳房是一个球。
这动物(在其中,一个蛋,它蜷曲卧躺)
变成了一个蛋,蛋变成一个球体:
一座雕像的雕像的雕像。
很久以前,石头祈愿,而成为肉体。

现在肉体祈望归返自己,祈愿那祈愿
未被祈愿。

观望即创造;我已创造我所见之物。
我已创造我所爱之物:或爱,几乎,会爱
除了那——

每一天,他对每座新雕像说,停留一下吧,①
他的手伸向它:去创造一座雕像。

[1958—1964]

---

① 暗示着歌德诗剧《浮士德》结尾浮士德对女神的吁求。

公共汽车上的女人们

这些肉袋堆成一堆,
穿着一件裙子——这位胖祖母
让我沉思:"你曾是一个女孩?"
那消瘦的老妇人,她的母亲,
把一只鸡的两腿折叠在她膝上,
而以一张老人的脸留意四周。
你曾是一个女人?
 　　　　　　老女人们和老男人们,
在生活的朝圣之旅中彼此接近,
在中性的一隅,第三性别,
蜷缩着,像攥紧生命袋子的守财奴,
以农民的狡诈和怀疑
望着每一个路人,其或许是**死神**。

愿我死去,不是在我作为女人
不再重要的那一天,

而是在我作为人不再重要的
那一天：在他们给我的多于他们
从我身上取得的那一天。
因而怀着人的虚荣，我说：是否他们
从我身上取得的，已多于他们给我的？
愿我死于世界末日的那一天。

［1964］

"过去渴望的,且一度确定地渴望的"

过去渴望的,且一度确定地渴望的
现在只是一种不确定的渴望,
——渴望它本身;一种"再来"
再一次弹奏① 我吧,以表明以前我被弹奏了,
真的被弹奏了一次。
     真的吗?
而事物一定会这样?
还有别的什么结果么?
她被染色,走向死亡;而她的老皮肤,老母羊的皮肤
用一个孩子的头发加冕。枫叶也这样,
在第一个春日红色的、
纯红的枫叶,现在红得

---

① 这里及下文的"play"有多种含义("玩耍""比赛""演奏""扮演(某人)角色"等),因而这一句及下文也暗含其他意思(如"和我玩/比赛""扮演我")。

恰如它在空气中凋萎的那一天。
音乐也这样，在它存在之前是静寂，
在它存在之后是静寂。
所有篇章都享有自己的结局，
它们的结局是静寂。

[1964]

晨　祷

寒冷,缓慢,静寂,但回返了,这么多时辰之后。

在我身外,某种物象渐现,天在破晓。

愿盐,在这一天,刺痛我的舌头;

愿我,在这一夜,彻眠不醒。

[1952—1963]

班贝格[①]

你会多么,多么惊奇于

最后的审判,

最受祝福者和最被诅咒者

那专注的力量

提升了,所以两者完全

一致地微笑,因

这么清晰地记得

他们想要记得

告诉上帝的一切。

[1965]

[①] 班贝格(Bamberg),也译作"班堡""班贝克"或"巴姆贝格",位于德国巴伐利亚北部,有著名的班贝格大教堂,其大门门顶有"最后的审判"浮雕。

"让我们彼此相爱……"

让我们彼此相爱,因我们是何物,
因我们碰巧成为何物,
非因我们能怎样了解自己。

没人理解什么人什么东西,除了上帝。

[1965]

"森林中央的老果园"

森林中央的老果园,
六年前,我痛苦地走着,穿过它,
我的丐虱条纹裤被黎明的露水弄湿,
它现在是一条路、一些房子,还有两棵苹果树,
而我已不再痛苦。

[1965]

那个谜是什么

"他们问你的那个谜是什么？那个
当你年少你会说'我不知道'
但之后你会知道的谜——
那个当你年老
他们问你你会说'我不知道'
而那是答案的谜。"

"我不知道。"

［1965］